憂鬱なマイダーリン♡

Story by YUKI HYUUGA
日向唯稀
Illustration by MAYU KASUMI
香住真由

カバー・本文イラスト　香住真由

CONTENTS

これは、僕こと朝倉菜月《あさくらなつき》(16)がこの頃何度となく夢に見るようになった、ある日の回想シーンだった。

〝あのね、菜月ちゃん。どうしても知っておいてほしい覚悟っていうか、聞いてほしい事実があるの〟

おぼろげに浮かび上がるのは、肩にかかる金髪がサラサラしていて美しい、スーパーモデルのライラさん。こんなに綺麗《きれい》な人なんだから、笑顔だったらさぞ何倍も輝《かがや》くのに…って思うのに、どうしてか彼女は僕のことを、ずっと哀《かな》しそうに見つめていた。

〝――――?〟

〝英二《えいじ》ね、本当は雄二《ゆうじ》とは双子じゃないの〟

けど、その哀しそうな瞳には、理由があった。

もっともっと哀しい現実が、込められていた。

〝早乙女《さおとめ》夫婦の子じゃないの。戸籍《こせき》上は取り繕《つくろ》ってあるみたいだけど…、本当は捨て子なの〟

それは、僕が一生ついていく!! 僕のダーリンは一生涯《いっしょうがい》この人だけなの!! って決めて、両親のもとさえも離れて飛びこんでいった、早乙女英二さん(22)の出生《しゅっせい》についての、あまりにも予想できない事実の告白だった。

僕はそんな、思いつきもしない告白をされても、戸惑うばかりで信じることも納得することもできないのに。
〝捨て子なのよ――〟
そんな嘘…、としか思えなくて。
これは現実なのって真顔で言われても、真《ま》っ直《す》ぐに受け止めることもできないのに。
〝英二さんが…、英二さんが…そんな〟
なのに、なのにライラさんは、ずっと僕のことを見つめ続けては、
〝英二をお願いね〟
って、呟《つぶや》き続けた。
〝もしものときには菜月ちゃんが、菜月ちゃんが英二のことを、支えてあげてね〟
そう何度も何度も、呟き続けた――。

1

深い眠りにつくと、僕は今日も胸が痛くなるような夢の中を彷徨《さまよ》っていた。
《アテンションプリーズ。アテンションプリーズ――――》
とはいえ、今日という日に僕が眠りについたのは、ロンドンへと向かう飛行機の中で。しかもリクライニングがたっぷりと利《き》いた、ベッドのようなファーストクラスの座席でのことだった。

『んっ…んっ…？』

じゃあ、なんでロンドンへ!?　っていえば、それは英二さんの優しい計画から始まったことで。

英二さんが僕と葉月《はづき》が冬休みを迎《むか》えるのにあたって、「そろそろパパやママに会いたくなった頃だろう？」「行ってみっか、向こうに」って、超軽〜く言い出したと思ったら、即実行してしまったからだった。

一体いつ僕のパスポート、作ってくれてたんだろう？

『んっ…ん!?　なんだろう…。なんか…気持ちいい』

おかげで僕ら（ダダをこねた葉月に、どうにか松葉杖《まつばづえ》なしでも歩けるようになってきた直《なお》先輩も一緒♡）は冬休みの間、っていっても英二さんの仕事の都合もあるから年内いっぱいの十日間だけど、父さんと母さんがいるイギリスへ、霧《きり》の都《みやこ》ロンドンへと旅行することになった。

それこそ二人が付き合い始めてから初めて迎える記念のクリスマスを、ちょっぴり気取った演出でもして、ロンドンで迎えよう♡　ってことになった。

『あんっ…出ちゃう…』

ただ僕は、最初このロンドン行きには猛反対した。

英二さんの気遣《づか》いは嬉《うれ》しいし、優しさにもすごく感動したけど、英二さんはレオポンのCMが放送されてから、まずは「モデルとしての英二の売りこみだ！」「そしてＳＯＣＩＡＬ《ソシアル》の名を上げるんだ」みたいに勢いづいた皇一《こういち》さんやママさんをはじめとするＳＯＣＩＡＬ幹部さん達に、今まで以上にいろんなところからいろんなお仕事を持ちこまれて、ますますスケジュールがぎゅうぎゅうになっていたから。

『出ちゃう…』

そりゃ英二さん本人は、僕が「大丈夫!?」って聞くたびに、

「まぁ、物事には波ってぇのがあるからよ。今やっとかなきゃ乗りはぐれちまうってものもあるから、多少のめまぐるしさはしょうがねぇよ。けど、クリスマスから年末年始にかけては必ず時間をとっておくから、悪いがちょっとだけ我慢《がまん》しとけよ」

なんて言ってたけど。

でも、英二さんが頑張《がんば》って周りの望むように動くってことは、これまでにはなかった人気《にんき》が確実

に形になって。売れるってことが形になって。しかも目に見えるようになるってことだよね？

そしてそれは、人の好奇心を誘うことになって。結果的には英二さんのいろいろな部分に興味をもたれて。

それだけライラさんが心配していた事態が、起こる可能性も大きくなるんだよね？

そう思うと、僕は毎晩のようにライラさんとの会話を夢に見るようになった。

『んっ…、んっ…。これって、これって…あっ…何!?』

英二さんのことだから、気づいてないってことは、きっとないんだよね!?

世に出るってことのリスクには、多少なりにもそういう危険性があることを、自分ではわかってて今動いてるんだよね？

わかってなくたって絶対にライラさんなら、僕にあんなことを言ったぐらいのライラさんなら、英二さん自身にも忠告しないわけがないもんね？

ってことは、もしかしたらってことをわかっていながらも、みんなの期待に応《こた》えたくて。レオポンやSOCIALという組織のためになるならと思って、頑張ってるんだよね？って思うと、英二さんの知名度が上がってるって確信するたびに、つらさばかりが募《つの》るようになった。

『出ちゃうよ…、出ちゃう』

なのに。それなのに――。

自分がそんな状態なのに、英二さんは僕がふと沈んだ顔を見せてしまうと、「前みたいにかまってやれなくってごめんな」って謝ってきた。

僕が沈んじゃってる本当の理由がわからないものだから、「ちゃんと年末には時間をとって、菜月を楽しませてやるからな」って言って、申し訳なさそうな顔をした。

そうじゃなくても、苦笑はもらしても愚痴《ぐち》はもらさず状態になって頑張ってる英二さんを見てるだけでつらいのに、僕は「そこまで気を遣わなくていいよ」「僕には頑張らなくっていいよ」って、気持ちになって、ますますつらさだけが増していった。

だって、そこまで気を遣う必要も、回す必要もないのにって思うから。

そうじゃなくたって、英二さんにとっては今がとても大切な時期なんだから。

仕事は別にしたって、本当に大事な時期のはずなんだから——。

『イッちゃう、イッちゃうっ』

だって、年明けすぐの大学の卒業に向けて…っていうのには、さして問題ないっていうか、完璧《かんぺき》に卒業できるのはわかっているみたいで、楽勝楽勝なんて言ってるけど。その卒業後にはすぐに司法試験が控《ひか》えているから。

『あっ、ぁっ…』

それこそ一次試験と呼ばれるものは大学で単位をとって卒業してしまえば免除《めんじょ》になるけど、一般的に「これぞ司法試験！」と呼ばれる二次試験は、五月の中旬にはやってくるわけで。

短答式とかって方法の試験で、憲法や、民法や、刑法を受けて。それに受かったらやっと七月中旬ぐらいにある、論文試験とかってやつで憲法、民法、商法、刑法、民事訴訟法、刑事訴訟法なんかをやるそうで。

それだけだって僕にはなんだかさっぱりだし、なんでそんなに舌噛《か》みそうなものがたくさんあるの!? って感じなのに、十月下旬にはとどめのように口述試験とかってものまであるんだ。

しかも、それに合格したからってすぐにどうこうじゃない。合格後には司法研修所とかっていうところで司法修習生として一年半の研修を受けてから、裁判官や検事や弁護士…なんていうそれぞれの道に進むことになるらしい。

『あっ、あっ、あっ…イクっ』

ただ英二さんの場合は、すでに自分の仕事は家業であるSOCIALの経営管理に回ること…って決めているから、たとえ合格したとしても司法研修所には行かない。

法曹《ほうそう》界の仕事につくこともない。

それでもあえてそんな大変な受験をするのは、英二さんにとっては大事なけじめで。成り行《ゆ》き任せとはいえ四年という月日に大学で勉強したことが、自分にとってどれほどのものなのか、その証《あかし》のためだけに受験するということで。

本人曰《いわ》く、「受かりたいのは山々だが、落ちる覚悟も十分してる」「それはそれでいいと思ってる」「やるだけやってみたいだけだから」なんだそうだけど。

でも、やるからには「受かってほしい」「英二さんの努力だもの、報《むく》われてほしい」って思うのは僕の心理で。少しでも時間があるなら僕のことはいいから、今だけはそっちに費《つい》やしてほしいっていうのが正直な気持ちだった。

『イクっ…イク…、もぉだめっ』

英二さんにロンドンに行くだけの時間があるというなら、僕に費やす時間があるというなら、その分を自分だけのことにまわして、没頭してほしかった。

勉強の時間に当ててほしかったんだ。

『あっ…、んっっっ!!』

でも、そんな僕の想いより結果的には、英二さんの想いや行動力のほうが強くって。僕らはロンドンに向かう機内にいたりするんだけど。


「――――んっ!!」


そんなメロウな夢の中から、僕は突然快感の中へと突き落とされた。

なんだかめちゃくちゃアソコに気持ちいいものを感じると、無意識に体をよじりながらも呆気《あっけ》なくイッてしまった。

しかも、その瞬間僕は思いきり口を塞《ふさ》がれて…。

「んんっ…っん!?」

イッた!! っていう絶頂感と、むむむ、苦しいっ!? っていう呼吸困難で目が覚めた。

「――――!?」

すると、僕は瞼《まぶた》を開けた瞬間に飛びこんできたとんでもない光景に、息を呑《の》みこみ絶句した。

なぜなら、窓際のほうのシートに座って適度に座席を倒し、毛布までしっかりとかけて眠っていた僕の毛布の中から、ニョキッと腕が出てきて僕の口を塞いでいたから。もちろんその腕の持ち主は英二さんなんだけど。英二さんってばこともあろうか自分の席から僕の足元に移動してて、僕の毛布の中にもぐりこんでいて…、僕の下肢を悪戯《いたずら》していたんだ。

いくら深夜のフライトで、スチュワーデスさんがあまり見回りにこないからって。ほかの乗客の人達が熟睡してるからって。僕のズボンのファスナーを下ろして、よりにもよっておフェラしてたんだ。

「英二さん…? なっ、なにしてんの!?」

僕は顔をヒクヒクとさせながらも英二さんの手をどけると、チラッと毛布の中を覗《のぞ》きこみ、あまりにビックリしすぎてわかりきっていることを聞いてしまった。

「――悪戯してんだよ。菜月の寝顔見てたらなんかこう…したくなってきてさ♡ 眠り姫はキスをしたら本当に起きるのかな? とか思ってよ」

すると英二さんってば悪びれた様子もなくニカッてすると、毛布の中から僕に笑った。

それどころかしっかり出して縮んだ僕のモノを握り直すと、先端にわざとらしくチュッてしてから、またペロペロし始めた。

「っ、英二さん!! それってする場所が違うんじゃ…」

「しっ! 口塞がれたくなかったら黙って寝たふりしてろ!! 今度は夢精《むせい》もどきじゃなく、しっかりと意識のあるところでイカせてやるからよ」

そんな無茶な!! ってことを言い放つと、握《にぎ》った僕のモノをすっぽりと口の中には収めずに、あえて双玉《たま》から根元に続く裏筋、そして先端の括《くび》れまでを、尖《とが》った舌先でツッて舐《な》めあげた。

『——英二さ——んっ!!』

ゾクリとするような新たな快感が、一気に僕の全身を襲《おそ》った。

僕は声も出せずに奥歯を噛みしめると、覗きこんでいた毛布をとっさに元に戻し、英二さんの姿を僕の視界からも隠《かく》してしまった。

『んっ…んっ』

英二さんの顔も僕のモノもストレートに見えちゃって。とてもじゃないけど直視できるような光景ではなかったから。

『んっ…っ…っ』

なのに、英二さんってば。

『あっ…んっ』

僕がこんなの恥ずかしいよ!! いやらしいよ!! 何よりほかの人にバレたらどうするんだよ!!

って思いから全身を震わせてるっていうのに。緊張させてるっていうのに。それを煽《あお》るように音こそさせないように気をつけているけど、アソコをちゅぱちゅぱし続けてきた。

普段でもこんなにココばっかりに集中してこんなことしないくせに。っていうか、ココしか弄《いじ》れる部分がないからだとは思うけど、英二さんってばやたら丹念《たんねん》に愛撫してきたんだ。

『――――んっ、んんっ、どうしようっ…っ』

すると、一分もしないうちに僕の中では恥ずかしいよりも緊張よりも、快感のほうが体を支配し圧倒し始めた。

全神経が愛撫され続ける部分に集まってしまって、あっという間に勃起《たち》あがってしまった。

『英二さん…っ』

どうやら僕が少しでも現実から意識を遠ざけようとして、顔を窓際に向け、目を閉じ、寝たふりを決めこもうとしたことも災《わざわ》いしたらしいんだけど。僕はもっともっとより強い快感が欲しくなってきて、自然と腰のあたりがもぞもぞとし始めた。

まるで、もっと大胆にしてよ、もっと激しくしてよって催促《さいそく》するみたいに腰を小刻みに揺《ゆ》らしてしまった。

「たまには、焦《じ》れったいのもいいだろう？」

なのに…それなのに、英二さんってば本当に意地悪なんだからっ!!　ってことを小声でコソッと言ってきた。

「そうじゃなくても菜月には、いつも三パーツ全部を一度にサービスしてやってるからな。今さらここだけ弄られても、もの足りないんだろう」

わかってるんならどうにかしてよ!! ってことをあえて口にして僕のことをからかってきた。

「全部してほしかったら移動するしかねぇんだけど、あいにくここは空の上だ。個室は一ヵ所しかねぇんだよな〜、菜月♡」

しかも、それって。それっててーっっっ!! ってことまで言ってきて、僕に「トイレに行ってしようぜ♡」って誘ってきた。

「そんなことできるわけないでしょっ!! 英二さんの馬鹿っ!!」

僕は周りを気にしながらも真っ赤になると、毛布の上から英二さんの頭をポカッってたたいた。

まったく、どうしたらこういう発想になるんだか、英二さんの無茶苦茶さには計《はか》り知れないものがある。

「じゃ、しょうがねぇからこれで我慢だな」

でも、僕が同意しなかったもんだから、英二さんの愛撫はますます半端なものになってきた。

いくら愛撫が一ヵ所に集中しているとはいえ、それでも英二さんのテクなら僕をもう一度イカすことなんて、造作《ぞうさ》もないはずなのに。

『んぁっ――――もぉっ、わざと焦らすぅっっ』

英二さんは僕の快感のバイオリズムみたいなものを熟知《じゅくち》していて、イクかイカないかっていうギリギリのラインで僕のモノを弄り続けた。

舌で括れた部分をチロチロしたり指で弄《もてあそ》んだりしながら、僕から折れて「しに行こうよ」って態度に出るのを待ち続けた。

『英二さんの馬鹿っ!!』

そのもどかしさといったら、例えようもなかった。

はっきりいって拷問《ごうもん》だよ、こんなのっ!! って状態だった。

僕は堪《こら》えきれなくなって、だったらいっそ自分で!! と思って、利き手を毛布の中へと忍ばせた。

英二さんが弄ぶ自分のモノに、自分で刺激を与えて上り詰めようとした。

「————させるか♡」

けど、そんなことができるなら、僕が折れる必要なんかないわけで。違う形で、折れることもないわけで。

結局僕は利き手をあっさりと英二さんに弾かれると、その三分後には観念してしまって…。

「えっ、英二さん。お願いだからイカせてよ…。向こうに着いてホテルに行ったら…なんでもするからぁ。ココじゃなければ、英二さんのごっこ遊びにもちゃんと付き合うからっ」

英二さんに自《みずか》ら交換条件を出してしまった。

「————本当か～!?」

「本当!! 約束するからぁっ」

もしかしたら要求されることが機内個室で…よりも、もっとすごいことしようって言われるかもしれないのに。

僕が想像もできないようなとんでもないカッコさせられたり、こんなのイメクラにだってないんじゃないの!? みたいなことを言い出すかもしれないのに。

それでも僕には今ここで席を立って、いつ誰がコンコンとノックしてくるかわからないところで、二人で籠《こも》って…よりは、誰もいない一室で二人きりのときに、とんでもないことされるほうがまだマシだと思えたから。

「なんでもするか!?」

「なんでもする!!」

「――ふーん、じゃあいいぜ。約束だからな♡」

僕は「悪魔に魂《たましい》」ならぬ、「英二さんに魂」を売り渡すと、その場で二度目のエクスタシーを引き換えた。

『んっ…んんっ!!』

英二さんの巧《たく》みな手淫《しゅいん》とフェラに導かれ、僕は英二さんの口内へと白濁を放ち、今度は夢の中ではなく快感の中を彷徨い、そして絶頂へと上り詰めた。

「はぁはぁ…」

「約束――待ち遠しいな～。なんでもするって言った菜月に、何してもらおっかなぁ～。早くロンドンにつかねぇかな〜♡」

　ただし、その後は英二さんが意味深な顔をしてニコニコとするたびに、僕は何を言い出されるのかを勝手に妄想してしまい、頭を抱《かか》えるはめになってしまった。

『英二さんっ』

　上り詰めたあとに堕《お》ちる先が一体なんなのかわからないだけに、僕はなんてエッチなことをって内容ばっかり想像しちゃって、まさに生殺しの状態に陥《おちい》った。

『一体何しろって言ってくるんだろう？　英二さん…』

　それこそ機内で一夜をあかした翌日、葉月からとんでもない告白をされても。

「ええっ!!　夜中に先輩とトイレでやっちゃった!?」

「――しーっっっ!!　だって、なんとなくいいムードになっちゃって、キスしたり触りっこしてたら、収拾つかなくなっちゃったんだもんっ。先輩ってば、誘い上手《じょうず》なんだもんっ!!」

『だったら僕もやっちゃえばよかったぁ。あんな変な約束なんかしなきゃよかった』

　それこそ生まれて初めてのロンドン!!　の空港に無事到着しても。

「菜月ーっ!!　葉月ーっ!!」

「あ、父さん!!　母さん!!　久しぶりーっ♡」

「まぁ、葉月。すっかり元気になって。やっぱり菜月のところに行って、正解だったわね」

『今夜…なのかな？　それともホテルにチェックインしたとたんになんかしろって言ってくるのか

な!?』

迎えにきてくれた父さんや母さんに、三ヵ月ぶり!!　って再会しても。

「菜月？　マイハニー？　どうしたんだい？　長旅で具合でも悪くなったのかい？」

父さんに心底から心配させても。

『なんせ、いきなり脈略もなく訪問販売員ごっことか仕かけてくる英二さんのことだから、僕から何してもいいなんて言ったら、喜び勇《いさ》んで…喜び勇んで…うわーんっっっ!!　喜びすぎで、何を要求してくるのか、想像もつかないよーっっ!!』

「ハニー!?　ハニー!!　どうして父さんに何も言ってくれないんだ!?　ハニーっ!!」

僕の頭の中は妖《あや》しげなまっピンクになっちゃってて、ひたすら英二さんにクスクスクスクスと微笑されるのが落ちだった。

「どうしたんだろう？　菜月は…」

「────さっ、さぁ…」

直先輩には本気で心配され、葉月には「個室エッチの告白がまずかったんだろうか!?」という顔をされても、なかなかもとの思考には戻れなかった。

『あぁっっっ、どうしようぅっ!!』

せっかくの旅行だっていうのに、先が思いやられるとは、まさにこのことだった────。

2

とはいえ――。

さすがにホテルに行ってチェックインをする前に、一応ロンドン郊外にある父さんの実家に顔を出すことになり、空港まで迎えにきていた運転手付きの黒塗《ぬ》りババーンなキャデラックに乗りこむと、僕は英二さんとのむにゃむにゃな生殺しを一時《いっとき》だけ忘れ、キラキラで華美《かび》な世界にすぐに目も心も奪われていった。

「うわー、すごい…。これが父さんの実家の車なの？　運転手さん？　が、二人もついてるよ。車体がやたらに長いよ。何よりこの車の窓ガラス、スモーク張ってあるよぉ」

っていうより、ゴシック様式やバロック様式といった建物がいたるところに建ち並ぶロンドンは、その街並みだけでもお伽《とぎ》の国のようで。僕は車内から重厚かつ歴史のある建物の数々を目にするだけで、すぐに別の意味で興奮状態に陥っていった。

男の子なのに乙女チック乙女チックと言われる思考は周囲の煌《きら》びやかさに圧倒されて、やたらにハイテンションになっていた。

「ついでに言うと、こりゃ防弾ガラスだ。あのナビシートに座ってるほうは運転手の控《ひか》えなんかじゃなくて、立派なSPだ。しかも、そうとう場慣れしてやがる。なんだか一緒に乗ってる俺達のほうが、命でも狙《ねら》われてるような気になってきたぜ…」

「たしかに——。なんだか、葉月から話は聞いてましたが、想像以上というか桁外《けたはず》れなお宅に連れていかれるようですね、英二さん」

「——まぁな」

ただ、車内の様子だけで苦笑をし合っちゃってる英二さんと直先輩を見ていると、そしてそんな二人の会話を何気なく聞いては、プッと噴き出している余裕な父さんを見ると、浮かれてウキウキばかりはしていられないかも…って気にはなっていた。

「何言ってるの。こんなもんでビビってたら始まらないって…。本当にここはどこ？　あんた達誰!?　もしかしてって僕、千葉の浦安にあるテーマパークにでもきちゃったのかな〜ってところなんだから。僕達のジジババの家って」

「だから、いい加減にジジババって呼ぶのはやめなよ、葉月〜。それこそおじい様、おばあ様って世界の人達なんでしょう？」

「そういう言い方もたしかにあるけどね。でも、そこをあえてジジババと呼んでなければ、現実に帰れないんじゃ…って恐怖が出てくるようなところなの!!　今から行くところは!!」

特に、父さんの転勤当初は一緒について行って、一ヵ月ばかりはこっちで生活していた葉月のピリピリとした態度を見ると、この街の果てには何が待っているんだろう？　現実に戻れないって、それって父さんの実家のお城が、本当はお化け屋敷みたいってことなの!?　って気持ちにも若干なっていた。

「――――……そうなんだ」

けど、それでも。

僕は車内から初めて見るロンドンという街やそこを行きかう人々を見ると、やっぱりわくわくする気持ちのほうが何倍も強かった。

「でも、ここが父さんの生まれた国なんだよね」

「ああ、そうだよ。菜月」

金髪にサファイア・ブルーの目がキラキラで、見るからに英国紳士な父さんが、馴染《なじ》んで栄《は》えて輝かんばかりのこの土地が、なんだか不思議と懐《なつ》かしく感じられて、妙な愛着さえ沸《わ》き起こったから。

「やっぱり…、戻ってきて嬉しいんでしょう？」

だからっていうわけではないけれど、僕は席から腰を浮かして前の座席に顔を出すと、父さんに向かってそそっと両腕を伸ばした。

久しぶりにその両肩に両手を置くと、甘えるように絡めながらも声をかけた。

「いや。ここに菜月がいるなら感無量…と言いたいところだし、葉月も含めて家族がそろって暮らしているなら何も言うことはないけどね。でも、私にはもう生まれ故郷よりも君達のほうが大切だから。君たちがいるところこそが、私の故郷になってしまっているから。今ここで暮らしているこが嬉しいというよりは、やっぱり寂《さび》しさでいっぱいだよ」

するとと父さんは、そんな僕の手に手を重ねると、これが嘘も隠しもしない本心だよ…ってことを言葉にしてきた。

「こんなこと言うと、誠心誠意私を気遣ってくれている、母さんに怒られてしまいそうだけどね」

「あなた…」

どんなに出張とかがあっても、一ヵ月以上なんて離れたことがなかったのに。あっという間に過ぎてしまった三ヵ月が本当に寂しかったんだと伝えてきた。

「――――父さん…」

僕は、寂しいなんて思ったこと…一度もなかったのに。

『父さん…ごめんね』

大好きな英二さんが一緒にいてくれたから。

誰よりも近くに、そして傍《そば》にいて愛してくれたから。

一月後には葉月だって帰ってきてくれたし。入院はしてたけど、直先輩だっていたし。それに英二さんの家族だって、僕が父さんや母さんと離れて暮らしてるから、よけいに優しくしてくれるし、気遣ってもくれたから。

学校に行ってもそれは同じで…、みんなが何気なくかまってくれるから、僕は日本に残ってよかった…って思ったことは何度もあったけど、イギリスに行けばよかったなんて、一度も考えたことがなかったんだ。

僕が寂しい、両親が恋しいなんて思う暇もないぐらい、みんなが大切にしてくれたおかげで、僕はこの瞬間まで父さんが抱き続けてきた寂しさみたいなものが、全くわからなかったんだ。

『ごめんね、父さん』

そう思うと、僕はそれが僕にとっては、とってもいいことなんだ。決して悪いことではないんだとは思ったけど、父さんには素直に「ごめんなさい」って気持ちになった。

「父さん…好き。大好き」

それこそ今ばかりは僕の隣の席でムムッと目を細めた英二さんも無視してしまって、父さんに「ごめんなさい」って言うかわりに「大好き」って呟いた。

「――――菜月」

「父さん…」

後ろの席からだったけど、ギュッて父さんのこと抱きしめて。僕はいつまでたっても父さんが大好きだから。いつまでたっても父さんの子供であることだけは変わらないから。そういう気持ちを精一杯伝えた。

「ふふん」

ただ、僕がそんな素直な気持ちでいるのに、父さんってばチラッと視線を英二さんへと流すと、あからさまに挑戦的な笑みを浮かべ、英二さんが堪《こら》えていただろう嫉妬《しっと》心に火を放った。

「…苦《にが》っ」

しかも、何もそこで挑発に乗らなくたって!!　って思うのに、英二さんは父さんの視線を受け止めると、身を乗り出していた僕の腰にすばやく両手を回し、力いっぱい自分のほうへと引き寄せた。

父さんから僕をひっぺがし、ちゃっかり自分の膝の上に座らせ、ギュッて抱きしめてしまった。

「――無粋《ぶすい》なまねはやめたまえ、英二くん。せっかくの親子愛を引き剥《は》がすだなんて!!」

「るせぇ!!　あんたの隣には新婚時代に戻ったママがいるだろうが!!　菜月はもう俺のもんなんだよ!!　日ごろおまけの葉月まで面倒見てやってるのに、この期《ご》に及んで恩を仇《あだ》で返す気か!!」

「何言ってるんだい!!　君が私に菜月の一人や二人面倒見れると言ったから、私はその言葉を信じてもう一人の菜月ともいえる葉月も君に預けたんだよ」

「揚げ足取るなよ!!　んなわけねぇだろう!!　こいつは一人でも三人分の手間がかかるんだぞ!!　しかも、足して二で割りゃちょうどいいのかと思いきや、二倍どころか二乗の手間になるんだからな、この双子は!!　大体そんなに親子愛を主張するなら、ママに頼らず一度こいつらをあんた一人で面倒見てみろ!!　作った飯を食ってみろ!!　特に葉月のをなっ!!」

あげくに、だからやめなよ二人とも…っていうことまで言い出すと…。

「あーっ!!　テメェ!!　いまだに吐かせたこと、根に持ってやがるな!!　何もこんなところでそんなこと言い出すことないじゃないかよ!!」

葉月まで参戦し始めちゃって。

「葉月、やめなって」

「るせぇ！　お前は直也に実情がバレないうちに、とっとと料理教室にでも通えっ!!　じゃないと俺だって忙しいんだから、毎回毎回ことあるごとに差し入れの弁当なんか作ってらんねぇんだからな!!」

「英二さんも、そんなムキにならないでってばっ」

「――――え!?　あのお弁当って…。じゃあ、僕が入院中に食べてたお弁当って、全部英二さんが作ってたんですか!?　しかも、毎回!?　あんなにまめに!?」

だからやめなよって言ったのに、バレちゃったじゃん…ってことになって。今まで静かに傍観《ぼうかん》していた直先輩まで、仰天《ぎょうてん》させることになった。

「あーっっ!!　バラしてどうするんだよ!!　おのれ、早乙女英二〜っっっ!!」

「ふんっ。お前が最初から正直に言ってりゃいいことだろうが!!　小ざかしい嘘つきやがって」

「うるさいっ!!　僕にだって本音と建前《たてまえ》ってもんがあるんだよ!!　恋人に対する見栄《みえ》ってもんもあるんだよ!!　気が利《き》かない男だなっ!!」

「何言ってるんだ、お前へのささやかな気遣いは全部弁当につぎこんで使い果たしちまったよ!!」

「なんだとーっっ!!」

『あーあ…』

おかげでゴージャスなムード漂う車内は、一変していつもと変わらない光景になってしまった。

運転手さん達がバックミラー越しに、「なんて騒がしいやつらなんだ…」って、呆《あき》れているのがよくわかる。

「まぁまぁ、相変わらず困った子達ねぇ。菜月も葉月も。こんなんでちゃんとお兄ちゃんになれるのかしら？　特に葉月――」

「――え!?」

けど、そんな日常を目《ま》のあたりにしてというか、久しぶりに触れて嬉しかったのだろうか？　母さんは肩を震わせながらクスクス笑うと、それとなく重大発表をしてくれた。

「今なんて言ったの!?　母さん!?」

「葉月がお兄ちゃんってことは…まさか!!　まさかなの!?」

「ふふっ…♡」

僕と葉月に新しい兄弟ができるって。僕はともかく、葉月が今度はお兄ちゃんになるんだって。ちょっぴりはにかみながらも、「そうよ」って言って教えてくれた。

「げーっ!!　人に子守を押しつけといて、本当に子作りに励《はげ》みやがったのか!?　てっきりあの手紙は冗談だと思ってたのに!!　いい年こいてやるじゃないか、キラキラ親父！」

「失礼な!!　何がいい年だ!!　私はまだ四十半《なか》ばだし、家内はまだ三十七だ!!　菜月や葉月を産んだのが早かっただけで、別に今どきならこれが初産《ういざん》だといったっておかしくはないぐらいだよ!!」

ただ、それでも英二さんのわざとらしい突っこみに、父さんはムキになって言い返したけど。

「第一、今からでも頑張って跡継ぎを作らなきゃならなくなった一番の原因はなんなんだ!! うちの長男を嫁にしてしまったのは、一体どこの誰なんだ!!」

「そうくるか。ったく…悪かったよ、長男を嫁にしちまって。降参だよ、それを言われたら…」

さすがの英二さんも、そこを言われちゃったら立場がないのにってことを。

「ふんっ。わかればいいんだ、わかれば! まぁ、それでもこちらから呼び寄せる前にそちらから連れてきてくれたから、今回はそれでよしとはするがね」

けど父さんは、そんな調子でぽんぽんものは言い続けたけど、僕らに新しい命を授かった事実をちゃんと報告できて、すごく嬉しそうだった。

英二さんに対しても、あくまでもお前は愛しい息子を奪った憎《にっく》き宿敵!! みたいな姿勢は崩《くず》さなかったけど、僕や葉月をちゃんとロンドンに連れてきてくれてありがとうって顔はしてたし、本当は会いたかったから感謝もしているんだって、十分言葉にも表情にも含ませていた。

「何がよしとするだ…。こんなに色男でよくできた婿《むこ》、世界中探したっていねぇだろうがよ」

『――あはは。なんだかんだいっても、父さんと英二さんの会話って、葉月と英二さんみたいなノリなんだよね。やっぱり葉月って、父さんの中身のコピーだったんだなぁ…』

「直也くんにも、いつも葉月が世話になって、ありがとう…だけどね」

しかも、英二さんに出せるぐらいの「ありがとう」なら、直先輩にもそれなりには出てくるみたいで――。

「いえ…そんな。僕は葉月にずっと面倒見てもらって、ここまで回復した身ですから。葉月がいなければ、いまだに松葉杖なしでは歩いていなかったかもしれないですし…。本当に葉月を日本に戻していただいて、嬉しかったです。感謝しているのは、むしろ僕のほうです――」

「――そう言ってもらえると、ほっとするよ」

これまで父さんと直先輩…っていう組み合わせの会話はあまり聞いたことがなかったんだけど。っていうか、ほんの少しの間とはいえ僕とも付き合ったことがある直先輩だけに。じつのところ父さんの立場からすると、英二さん以上にどう言葉を交わしていいのかわからないという複雑な相手だっただけに。短いやり取りとはいえ、この会話は葉月にとっても直先輩自身にとっても、胸を撫《な》で下ろすものだった。

なんだかようやく葉月のほうも、両親公認♡　になった感じがして。僕自身も葉月に心からよかったね。おめでとうって気持ちになった。

「うわーい♡　おめでとう、母さん!!」

もちろん、それをここで葉月に言って二人で盛り上がっちゃうのはちょっとね…って感じだったから、そのおめでとうはいったん母さんへと向けたけど。

「弟かな!?　妹かな!?　それともまた双子なのかな!?」

「さぁ、そこまではまだ。授かったことがわかったばっかりだからね」

「それじゃあ今が一番大事にしなきゃいけない時期だね。あんまり家から出たり、重たいもの持ったり、無茶しちゃだめだからね！　母さん」

これから生まれてくる、僕らの新たな家族へと向けられたけど。

「ええ。ありがとう。菜月、葉月」

『ってことは、ライラさんの赤ちゃんも来年生まれてくるわけだから…うわぁい、ベビーラッシュだ♡』

「――あ、菜っちゃん。そろそろジジババの屋敷の敷地に入るよ」

「――え!?」

けど、そんなことが発覚したがために、僕にはこの先に待っていた思いがけない運命が、なおさら避けられないものになってしまった。

「しっ、敷地!?　何が!?　どこが!?　別に門もなければ塀もないよ。看板みたいなものは立ってたけど…」

「そんなもんで囲える敷地じゃないってことなの。ちなみに今の看板は、街の名前が書いてあったわけじゃないからね」

「――へ？」

「この道の先よりコールマン家ってやつだよ。やっぱり菜月の親父のコールマン家って、あのコールマン家だったんだな…」

そしてそれは英二さんにも言えることだったみたいで…。

「え？　英二さん？　何か父さんの実家について、知ってるの!?」

「ああ。知ってるも何も、紳士フォーマルが大本のSOCIALにとっちゃ、コールマン家はうちが会社として創立する前からのスペシャルVIPなお得意様だよ。っていうか、スーツにかけては世界一うるさいだろうこの国の権力者に認められたからこそ、今のSOCIALブランドがあるっていっても過言じゃねぇんだ」

「ええっ!!　そうなの!?」

「ああ。以前ちょろっと話をしたことがあっただろう？　菜月のパパの生まれ故郷は、世界の標準服の発祥地だって。それこそついさっき通りすぎてきたロンドン市内には、紳士服の一流の仕立て屋が並ぶSAVIL・ROWっていう一画があるんだが、その通り名の由来にもなってる第三代バーリントン伯爵夫人であるドロシー・サヴィルのサヴィルが、日本語の『背広』の語源といわれているぐらい、ここは紳士服を手がける者には、ある意味聖地ってやつなんだよ」

「――――…英二さん」

ううん。むしろ英二さんのほうが、何も知らない僕よりも、よっぽど運命さえ超えた縁があるようで…。

「葉月が逃げてきたときに、ロンドン郊外に城があるうえに、長者番付に入るほどどうこうってわめきちらしてたから、まさかな…とは思っていたんだか…。まさにドンピシャリだったぜ。この先の屋敷なら俺も親父に付き添って、何度か挨拶回りにきたことがある。このコールマン相手なら、葉月がいきなり跡継ぎになんかなれるか！　そんなの継いだって税金を払えるか!!　って、わめきちらしたわけがよーくわかるよ。しかも、そこの主をジジババと呼んでなければ、現実に帰ってこれねぇっていう意味もな…」

僕は、いかにもやれやれって顔をしながら、「えらいところに連れてこられちまったぜ…」って言いたげな英二さんを、横目でチラチラと見つめていた。

「ほら、そろそろ城の外門が見えてきたぞ。ここから中門まではさらに車で十分。城のゲートにたどり着くにはそこからさらに車で十分だ…。ちなみに城の敷地内には、たしか私設滑走路があったな。まったく途方もない広さだぜ」

「…あはは。全然想像がつかないよ」

せっかくの冬休みの旅行だっていうのに、偶然とはいえそうとう気を遣わなければならないお得意さんのところに連れてこられてしまうなんて。

しかもそれが父さんの実家だなんて。

なんだか英二さんが可哀想《かわいそう》に思えて…。

「まぁ…そうだったの英二くん。あなたと菜月には、もとから不思議なご縁があったのね」

「―――母さん」

「あ、それはそうと菜月。おじい様やおばあ様に会う前に、これだけでいいから頭につけといてくれない」

けど、そんな同情を人に向けている場合でないのは、やっぱり僕のほうだったみたいで…。

「は!? 何、それ？」

母さんはどことなく顔を引きつらせると、自分のバッグの中から真っ白なリボンのついたカチューシャを取り出し、「はい」って僕によこした。

「これを頭につけてって、どういう意味？」

「――だってあなた、日本に残った理由が、英二くんのところにお嫁に行ったことになってるんですもの…」

とてもとても言いづらいんだけど…って目をして、話の成り行きとはいえ、これから会うおじい様とおばあ様が、僕は女の子だと思いこんでるんだって事実を今になって打ち明けてきた。

「えっ、ええっ!! 僕がお嫁に行った!! しかも、英二さんのところに!?」

「ええ…そうよ。だって、実際そうじゃない。私もお父さんも、英二くんが菜月をくださいって言ってきて、じゃあよろしくお願いしますって返事をしたときから、菜月はお嫁にやったものだって思ってるわよ。しかも、このぶんじゃいずれ葉月もそうなるかもねって話もしてるし…。だから、それじゃあ誰も家に残らないのは寂しいし、私もまだまだ育児がしたいわ…ってことで、もう一人頑張っちゃいましょうか♡ ってことになったんですもの」

「――いや、それは、たしかにそうだけど。でも、それでどうして僕だけにカチューシャなの？ じゃあ、葉月もじゃないの!?」

「だからね、葉月はいずれの話で、今はまだ直也くんに扶養《ふよう》されてるわけじゃないでしょ。それに、葉月は一度こっちにきてるときにおじい様達にちゃんと男の子として会ってるし。しかも、菜月が長男じゃなくて長女だと思いこまれてしまったのだから、次男じゃなくて長男だと思いこまれてね。だから、葉月は別にこのままでいいのよ。問題なのはあなただけなの。どうしてこなかったんだ？って聞かれたときに、上の子は好きな人がいるから日本に残ったんですよ…って説明したら、若いのにもうお嫁に行ったんだな…って思いこまれた、あなたのほうだけなの！」

「――――がーん!!」

だから、アンジュのエプロンとセットでしたら、さぞ似合うんじゃ…ってカチューシャを、今すぐ僕につけろって。それどころか、おじい様とおばあ様の前では、朝倉家の長女として振舞いなさいよって言ってきた。

「あれ？　がーんって、なんで驚くのさ菜っちゃん。僕、菜っちゃんのところに駆けこんだときに、ちゃんと言ったのに。ジジババが僕に向かって、菜月はお嫁に行ってしまったんだから、この敷地は葉月にあげるって言われて逃げてきたって。僕を今から父さんの次のコールマン家の跡継ぎにしようとして、いきなり英才教育どころか帝王学とかやらせようとし始めたから、冗談じゃないよって気持ちで逃亡してきたって」

「――――そっ…それは、なんか言ってたような気はするけど…。でも、じゃあ母さん、今後おじい様おばあ様に会うときには、僕には女の子で通せってことになるわけ!?　そのたびに、こんなヒラヒラのリボンを頭につけて誤魔化せってことなの!?」

「仕方がないじゃない。話の流れで、そうなっちゃったんだもの。まさかお嫁に行ったのは息子です、うちの長男なんですとは言えなかったんですもの。そうじゃなくても、母さんだって…やっとコールマンの嫁として認められたばかりなのに。何より心臓が弱いっていうおばあ様に向かって、本当のことを言う勇気はなかったんだものぉっ」

「しっ、心臓…」

とはいえ、身重《みおも》な母さんに心配かけないで…って言われたって、僕には逆らえないだろうに。心臓が弱いおばあ様という脅迫状までおまけに突きつけられたら、僕はキュートなリボンのカチューシャを、涙ながらに頭に乗せるしか手立てがなかった。

「ごめんね、菜月～。でも、この先めったに会うわけじゃないし、今だけちょっと頑張って。何も服まで変えろとは言わないから。あなたならそれだけで十分だから」

『でも、これだけで見た目女の子に誤魔化せるって言いきっちゃうことのほうが、息子を持つ母としては問題なんじゃ…』

「英二くんも、変なことになっててごめんなさいね。でも、今回は菜月のだんな様が新婚旅行をかねて、こっちに娘を連れてきてくれたってことになってるから…。あなたもそういうことにしておいてね」

当然話を振られた英二さんにしても、

「は!?　俺と菜月が新婚旅行ですか!?」

「ええ。だって、このさい意図《いと》はあんまり違ってないでしょ？　今回の旅行…」

「あ、はぁ…。…あはは」

妊娠初期のお義母《かあ》さんの背後に心臓が弱いお得意さん夫人…となれば、何がなんだか話なんかわからなくっても、笑顔で「わかりました」と言うしかなかった。

どうせ今日一日の猿芝居なんだろうから、それなら菜月のお婿さんになりきってみましょう!!　と、胸をたたいて「任せてください」と言うしかなかった。

「あっ…あのぉ、それじゃあ僕はどういう関係でついてきたことにすればいいんですか？　菜月と英二さんが新婚旅行なのに、菜月はともかく…ただの学校の先輩っていう肩書きしかない僕がここまで同行するのは、変じゃありませんか？」

ただ、ひととおり話の成り行きを聞いて、一応理解して、一番困った顔をしたのは直先輩だった。

そりゃそうだ。

ここまでくると、たしかに「先輩」という肩書きだけで同行するっていうのは変だし、妙だし、説得力にも欠《か》ける。

「あ、それは気にしないで直先輩。先輩は僕の恋人だってもう言ってあるから。僕と一緒にいても、向こうは勝手に婚前旅行か!?　ぐらいにしか思わないから」

「———ええっ!?」

でも、そんな直先輩どころか、僕や英二さんまでも一瞬で驚愕《きょうがく》させたのは、葉月の明るい一言だった。

「葉月、それってどういう意味なの!? もしかして、直先輩に今から女装して誤魔化せってことなの!? 先輩にも僕とおそろいのカチューシャ、つけろってことなの!?」

「――――――…」

もっとも続けざまに叫んだ僕の言葉を聞くなり、直先輩は「ここで失礼します」「車から降ろしてください」って顔をマジでしたけど。

「まっさかー。だって、僕はここから逃げるときに、ちゃーんと恋人は男だってジジババに向かって言ったもん♡ 僕の恋人は同じ男子校の先輩で、僕のためにこっちに留学してくるはずだったけど、交通事故に遭《あ》っちゃって身動き取れないから僕が日本に帰るんだって。ただし、その一言でジジババともどもも倒れちゃって、僕が日本行きの飛行機に乗った頃には大騒ぎになってたみたいだけどね」

「いっ…言った!?」

「なっ、なんてことをオメェはよ!!」

葉月のさらなる暴言を聞いたときには、車内がいっせいにピキーンとかしちゃったけど。

「って、なんでそんなに僕ばっかり責めるのさ!! しかも、菜っちゃんまでそんな目で!! 僕は本当のことを正直に言ったまでじゃないか!! 何が悪いのさ!!」

「葉月ぃっ…。だって、悪いも何も…」

「だってさ、相手は十何年も前に母さんとの結婚を反対して、飛び出した父さんを勘当《かんどう》にしてんだよ！　僕らを一度だって抱いたこともないし、性別だってよく知らないんだよ!!　そのくせして、今頃年取って心細くなったからって、人を呼びつけるほうがずうずうしいじゃないか!!　あげくに会ったばっかりの孫の人生まで勝手に決めようってほうが、どう考えたって悪いじゃないか!!」

「でもぉっ」

僕以外には開き直った葉月の名前を、呼ぶこともできなかったけど。

「でもも何もないの!!　第一、僕はあのときこれを黙ってたら、ゆくゆくはどっかの令嬢を連れてこられて、結婚しろって言われかねない状況だったんだよ!!　菜っちゃんはお嫁に行ってるからって理由で蚊帳《かや》の外だし、一人残った僕がコールマン直系の長子がどうこう言われて。財産っていう名前の責任押しつけられかかって、一生膨大《ぼうだい》な税金払うために働かなきゃならなかったんだよっ!!　だったら僕はそっちの人ですからって!!　しかも受けですからいずれお嫁に行きます!!　あてにしないでくださいって言っといたほうが後引かなくってすむじゃんよ!!　実際ジジババはそれで僕のことは諦《あきら》めたんだから、それでいいじゃん」

「―――…葉月っ」

それでも、堂々とカミングアウトしちゃった葉月のほうが、頭にカチューシャを乗せるはめになっている僕よりは、立派というか逞《たくま》しいというか、正当な気がしてならなかったけど。

「だから先輩は、こんにちは〜、はじめまして〜って顔して、堂々と一緒にいればいいからね！　別に、人間どんなに老いても、同じ理由じゃ二度もショックで倒れやしないんだから、変に気にすることなんてないからね！」

「――――…」

言ってることもやってることもはちゃめちゃとしか思えないんだけど、あんなに菜っちゃん子だった葉月が、葉月なりに大好きな直先輩のこと守ってるっていうか。きちんと想いを形にしてるんだなって思うと、僕はビックリの連続ではあったけど、最後には自然に笑みが浮かび上がった。

『葉月ってば…』

そして、そうしているうちに車はいつしか外門から中門へ。中門からお城のゲート前へと到着していたんだけど……。

「さ、葉月。話はもうわかったから、そろそろ到着だよ。菜月も大変だとは思うけど、くれぐれも偽《いつわ》りきっておくれ」

「はい。父さん…」

「――――しっ…城だぁっ!!」

すっかり話に夢中になっていて景色が変わったことにも気づかなかった僕からしてみれば、赤煉《れん》瓦《が》の外装も美しい巨大なお城は、突然降って湧いたか、目の前に聳《そび》えたったとしか思えなかった。

「シッ…、シンデレラ城より大きいよぉ。東京ドームが、すっぽりと入っちゃうんじゃないの？

これ…」

「馬鹿、くらべる規模が小さいって。正面の外観だけなら、それでもどうにか視野に収まるがな、中はこんなもんじゃねぇ。それこそドームより広い庭園がすっぽり入ってるんだからな」

ただ、何度かきたことがあるという英二さんは、車を降りても堂々とした態度で。余裕さえある顔をして、空を仰《あお》ぐような正面ゲートを見上げては笑っていた。

「はぁっ…。ハンプトンコート宮殿さながらって感じですね…」

直先輩は、まるで美術館か博物館の見学にでもきたような顔をしているっていうのに。

「ああ。ハンプトンコートにくらべりゃ、さすがに縮小版って感じだがな。でも、なんていっても、イギリスの大財閥《ざいばつ》コールマン家といえば、コロンブスが生まれる前から世界の海を股にかけていた、貿易商の名家だからな。それこそ無敵艦隊と戦っていた時代にキャプテンドレークがＳｉｒ《サー》の称号とナイトの位をもらったように、財政補助という形で国をバックから援助し続けたコールマンの当主にも、何度となく女王様だの王様が、地位も名誉もくれてやると言ってきたほどの家系らしい」

「――それは、すごいですね…」

英二さんは僕でさえ（一応この家の血族らしい…）知らない父さんの実家の歴史について、簡単な説明をしてくれた。

「ただし、ここのジジイが以前会ったときに俺に自慢していたが、コールマン家のコールマン家たる本当のすごさは、代々の当主が肩書きという鎖《くさり》で国に繋《つな》がれるのはごめんだと言って、声をかけられるたびに爵位《しゃくい》を丁重《ていちょう》に断り続けてきたという事実のほうなんだとよ。ま、栄誉をうまくお断りするっていうのは、ある意味栄誉をもらうよりも難しいときもあるから、そのたびに裏金や闇金もそうとうはたいてきたんだろうが…。それでも、何者にもとらわれずに自由に商売をするっていうガンとした精神があったからこそ、このコールマンっていう家は、世界が資本主義主流になった時代にもこうしてドデカイ城を構えていられるんだろうけどな――」

まるで僕には想像もつかないご先祖様たちやおじい様に対して、「そういう徹底《てってい》した生き方もカッコイイよな…」って、言ってるみたいに。

心から羨《うらや》ましいっていうか、尊敬するぜっていうか、憧れるぜ――って顔をしながら、英二さんは英二さんの中にあるだろう、商売根性みたいなものを全開にしてお城を眺めていた。

「本当に、見習わなきゃなってぐらい、このうちは先祖代々生粋《きっすい》の商売人家系だぜ」

いつもギラギラとしている瞳を何倍にもギラギラとさせて、その眼差《まなざ》しをめいっぱい輝かせていた。

「もっとも、何に対しても損得なしの菜月や、意外や意外、損得の価値観を金では計《はか》らないらしい葉月を見てると、ここから先の時代はキラキラパパと、これからママが生むだろうベビーちゃんが、どれだけ頑張って家を守っていくかにかかってるかもしれねぇけどな…」

「――英二さん…」

ただ、それでも僕に向けた笑顔は、ギラギラしつつも優しくて。

「ほら、ずれてんぞ。奥さん♡」

さりげなくカチューシャの位置を直してくれる手も温かくって。

「ありがとう♡　ふふ。新婚旅行だって♡」

「つたく、すげぇ展開もあったもんだよな。いくらババアの心臓が心配だっていったって、よくキラキラパパがこんな猿芝居を了解したもんだぜ」

「本当に…ね」

おかげで東京よりも厳しい冬将軍が支配するこの地に降り立ったというのに、僕の心や体は不思議なぐらいホカホカとしていた。

「――ほらほら、菜月。のんびり立ち話をしていると風邪《かぜ》をひくよ！　入りなさい」

新婚旅行中の娘夫婦！　なんてとんでもない設定はあるけど、とって返せば「演出」の一言で父さんの前でも腕とか組めちゃうわけだから、僕にとっては「まいっか♡」って調子だったし。

「はーい♡　さ、英二さんも入ろう」

「――ああ」

何より頭の飾りはうっとうしいけど、これさえ我慢すればお城の中では堂々と、「英二さんは僕の家族なんだ!!」って、言えることが嬉しかったから――。

3

たしかにそこは、綺羅《きら》な空間だった——。


「まぁ、マイケル!!　香里《かおり》さん!!　我が家へようこそ。首を長くして待ってたのよ」

「お義母さま！　先日はどうも!!」

あたりまえのように飛び交う英会話。これぞ本場のクイーンズ・イングリッシュ。

「葉月ちゃんも久しぶりね。あなたが日本に戻ってしまってから、わたくしとても寂しかったわ」

「あははは。どうもその節《せつ》はご心配おかけしました」

どう見たって僕の庶民感覚からすれば、ここは「家」とは呼ばないだろう。やっぱり国営の美術館か博物館なんじゃ…としか思えない城内の造り。

最初に踏みこんだ絢爛豪華《けんらんごうか》な玄関フロア…っていうには桁外れな広さと吹き抜け天井のある入り口には、歴史の教科書でしか見たことがないような、デカイシャンデリアがぶら下がっていた。

「あらあら！　こちらが葉月ちゃんのお姉さまの菜月ちゃんなのね!!　まぁ、なんてそっくりな双子ちゃんなのかしら!!　あなた、あなた!!　菜月ちゃんよ!!」

そしてそこから続く廊下を果てしなく歩いてたどり着いた応接間…と呼ぶにはあまりにだだっ広

い一室には、一度に百人ぐらい接待できるんじゃ!?　っていうようなスペースがあるのにもかかわらず、ゆったりと十四、五人が腰かける分のフカフカなソファと、いかにもアンティークなテーブルだけが置かれていた。

しかもその一室の一面の壁には、これってコールマン家代々の当主なんだろうか？　みたいな肖像画（決して写真ではない!!）が、ずらーっと二十枚以上も飾られていて。僕の目の前には、今まさに長い歴史と繁栄が融合する、不思議な世界が広がっていた。

「おお。この子が葉月の姉の菜月か。なるほど、香里さんにそっくりだ。だが、よく見ると目元が若い頃のお前にも似てる気がするよ」

「まぁ、そうかしら。それは嬉しいわ、あなた。はじめまして、菜月ちゃん。わたくしがあなたのおばあちゃんよ。そしてこちらがおじいちゃん。仲よくしてね」

そして、そこで僕は初めて父さんの両親、おじい様とおばあ様という人に接触すると、どうして葉月だけではなく、英二さんまでもが「現実を意識しなければ、現実に戻れないんだ」ってことをぼやいていたのかを心底から理解してしまった。

『うわぁぁぁっ。なんてキラキラした老夫婦なんだろう。優しそうな貴婦人に、ちょっぴり怖そうっていうか厳しそうだけど、いかにも威厳《いげん》のある英国紳士。まるで、どっかの国の王様とお后《きさき》様みたいだぁ』

うん。たしかに。

このお城もおじい様もおばあ様も、とてもとても僕らの日常からは考えられないようなキランキランな世界や人達で。関わった瞬間から本当に、自分が絵本の中にでも入りこんでしまったような錯覚《さっかく》に陥るんだ。

「――どうしたの？　菜月ちゃん…。もしかして、わたくし達の言葉がわからないのかしら？　それともわたくしたち、やっぱり今からでは祖父母として認めてもらえないのかしら？」

まるで、不思議の国のアリスみたいに。シンデレラや眠りの森の美女みたいに。自分がお伽《とぎ》の国の世界にでも、迷いこんだような気持ちになってしまうんだ。

「あ、いえ!!　そんなことはないです!!　ちゃんと言葉はわかります。はじめまして、おばあ様。はじめまして、おじい様。お会いできて、とっても嬉しいです。あまりに素敵な方々だったので、つい…ぽうっとなってしまって…。お返事が遅れてごめんなさい」

「まぁ…。よかった。それじゃあ、あとでたくさんお話をきかせてくださいね」

「はっ、はい…」

それこそ僕の父さんって、やっぱり王子様だったんじゃん♡　って、いつものノリではしゃぐことさえ躊躇《ためら》われるほど、そこは異世界というか異空間というか、いや、異次元なところだった。

『うぁっっ。このおばあ様ってば、うちの母さんよりさらにおっとりしてるよぉっ。しかも華奢《きゃしゃ》でやけに色が白いもんだから、これが病弱なせいなのか白人ならではの地なのか、まったく区別もつかない…。これじゃあ突然心臓押さえて、うっ…とか屈《かが》みこまれたら、こっちのほうがビックリし

て倒れちゃいそうっ』

ただ、いつもなら真っ先に舞いあがって一緒に異次元人になっていそうな僕が、今日に限ってとてもとても現実を意識していたのは、頭にくっつけているカチューシャと、そのカチューシャにこめられた責任の重さのせいだった。

少なくともここにいる間だけは、朝倉家の長女で通さなければいけないんだ…と実感し、そのために自分が思った以上に神経を張り詰めらせることになるだろうな…って、いち早く気づいたからだった。

『――間違っても下手《へた》な言動はできないな…。僕が男だってバレないように、本当に気をつけなきゃっ!!』

そりゃそうだ。いくら見た目でどうこう誤魔化しても、地のままでうっかりしゃべったら大変なことになる。葉月ほどべらんめいじゃないにしたって、僕だって遠からず近からずなんだから。

しかも、万が一にもうっかりしたことをして、「これは香里さんの躾《しつけ》のせいなの…？」なんて言われた日には、身重な母さんに心労が!!　ってことになりかねないし。

「ね、わかったでしょ…菜っちゃん」

「――――うん」

僕はため息まじりに同意を求めてきた葉月に対し、今こそ「一ヵ月もこんな人達に振り回されてよくぞ耐えた!!　えらいえらい!!」って、頭を撫でてあげたかった。

「それよりマイケル、私にそろそろ菜月と葉月の婿殿を紹介してくれないか？　私の勘違いでなければ…一人は見知った者のような気がするのだが…」

「はい、父上」

でも、僕がそんなことで頭をグルグルとさせていると、いつの間にか話の中心は別なほうへと転がっていた。おじい様はにこやかな口調《くちょう》で父さんに、ずっと後方に控《ひか》えていた英二さんと直先輩の紹介を求めた。

「さ、英二くん。直也くん」

「うむ…」

その目は決して笑ってなかった。

いかにも、「どれどれ、一体どんな男が私の孫を…」みたいな顔で、呼ばれて前に出た二人を眺めていた。

まるで父さんが初めて英二さんと会ったときのように、同じ色のブルーアイズをギランってさせて。一歩違えば挑戦的にも取られそうなほど、二人のことを真っ直ぐに。

特に、見知っている顔だと記憶にあるらしい英二さんのほうには容赦《ようしゃ》なくガンって感じで、鋭い視線を送っていた。

「本日はこのような形でお目にかかることになり、誠に恐縮ですが。お久しぶりです、コールマン様。いつも大変お世話になっております。ＳＯＣＩＡＬの早乙女将一《まさかず》の息子、早乙女英二です」

「はじめまして。来生直也《きすぎ》です。今後ともよろしくお願いいたします」

けど、すでに最大の難関ともいえる父さんを乗り越えているだろう英二さんにしても、葉月にとんでもない紹介をされているので、開き直るしか残っていないだろう直先輩にしても、今さら登場したおじい様の眼光ぐらいでは、萎縮《いしゅく》するなんてことはなかった。

「おお、やはりそうか!! どこかで見たと思ったが、君はあの早乙女将一の息子か!! いやいや、以前会った記憶だけはおぼろげにあったんだが、ここに参られたときは何年前だったかね？ ずいぶん立派になられたうえに、こんな偶然があるはずがないだろうという思いから、ついつい確認を取ってしまったよ。すまなかったねぇ」

「――――いえ、滅相《めっそう》もありません。私もこちらに案内されてきて、正直とても驚きましたから、ご記憶に留めていただいただけでも感謝しております」

「そうかそうか…。はっはっはっ」

むしろどんなにギランって睨まれても、そんなのどこ吹く風っていう堂々さで。

僕や葉月の面目《めんぼく》を守るために、絶対に失礼がないようにっていう気配りだけが全面に感じられた、惚れ直しちゃうような挨拶だった。

『うわぁ、英二さんカッコイイ〜っ♡』

特に、すでに面識のあった英二さんは、自然と言葉も多くなるんだけど。そういえば初めて聞くかも…っていう英二さんの英語はとても滑《なめ》らかなもので、傍で聞いているだけでも「キャッ♡」って感じだった。

「へー、意外だな…。あれってかなりBBCイングリッシュに近いじゃん。あいつ、伊達《だて》に仕事でこの辺飛び回ってないんだね。菜っちゃん」

それが証拠に、英二さんに対しては、めったに自分からは感心したりしない葉月が、僕に向かってこっそり耳打ちしてきた。

「BBC…イングリッシュって、何?」

ただ、その感心が説明なしには理解できない僕って…っていうのがちょっとつらかったけど。

「え? ああ。早い話、この国の容認発音ってやつだよ。平たく言うと、アナウンサーとかが使う最も綺麗な標準語ってやつ。同じ英語でも直先輩のは世界の標準語の米語ってやつだし、僕らが使ってるのは父さん譲りのクイーンズ・イングリッシュじゃん。けど、あいつのは完璧に英国英語なうえに、発音がアナウンサー並みだからすごいやって思ったの」

「本当? すごいね…。それが聞き分けられる葉月もすごいと思うけど」

「――しつこいようだけど一ヵ月、つらい思いしたからね…」

「あははは」

でも、これまでにも英二さんすごい!! って発見を山ほどしてきているのに、まだそのうえにすごいって思えるものを見つけた喜びは、この異空間のキラキラにも勝《まさ》るとも劣《おと》らなかった。

どんなに周りがすごかろうとゴージャスだろうと、やっぱり僕のダーリンが一番じゃん♡ って思えて。僕の顔はすっかりゆるみっぱなしになった。

「それでは、改めてようこそ。早乙女くん。そして、来生くん。私がこの城の二十五代目当主、サミュウェル・スチュワート・コールマン。こちらが家内のエリザベス・コールマンだ。今後とも孫ともども、私達もよろしく頼むよ」

「はい」

「よろしくお願いします」

そして、そんな感動の中でひととおりの挨拶が終わると、じぁあまぁ改めてお茶にでもしようか…という運びになり、僕らはそこで本場のティータイムを堪能《たんのう》することになった。

ただ、顔なんか覚えきれないよ…っていう数ほどいるメイドが用意するのかと思いきや、

「あ、あなた達はいいわよ。せっかくのおもてなしですもの、ここはわたくしがするから」

「はい、奥様」

なんてことをおばあ様が言い出したもんだから、とんでもないおはちが僕には回ってくることになった。

「あ、私がしますわ、お義母さま」

「何言ってるの、香里さん。あなたは今が一番大事な時期なのよ。これから元気な赤ちゃんを生んでもらわないといけないんだから。さ、おとなしく座ってらっしゃいな」

「で、でも…お義母さま」

「じゃあ、代わりに菜月ちゃんにお手伝いをしてもらいましょうか。わたくし、可愛い孫とお茶の支度《したく》をするの、とっても楽しみにしていたのよ」

『――――ええっ!!』

お茶なんて、お茶なんて、自分じゃお茶漬けのお湯をどんぶりに入れるぐらいしかしたことがないっていうのに!!

第一、うちじゃあ母さんが父さんのために本場さながらのを入れてくれてたし、今は英二さんが全部やってくれるから、後片づけしかしたことないのに!!

「さ、菜月ちゃん♡　いらっしゃい」

なのに、実情を知らないおばあ様は、期待に満ち満ちた笑みを浮かべて僕をティーセットが置かれたテーブルのほうへと呼び寄せた。

「なっ、菜月!!」

「菜っちゃん!!」

葉月と英二さんから、「それはまずいんじゃ!!」っていうような声が同時に響く。

「おお、菜月が入れてくれるのか。それは楽しみだね。長生きはするものだ…」

けど、そんな二人の呼びかけの意図なんか全然さっぱり気づいてくれないおじい様は、妻と孫が仲むつまじく用意してくれるだろうお茶に、勝手にキラキラな妄想をして、やっぱり満面の笑みで僕が席を立つのを待っていた。

「そういえば、菜月にお茶を入れてもらったことはなかったね。私もなんだか楽しみだな。ねぇ、ダーリン」

「そう言われるとそうね。楽しみね、あなた。じゃあ菜月、お願いね」

しかも、僕が英二さんのところに行ってから、どういう醜態《しゅうたい》を晒《さら》しているのかまったく知らない父さんと母さんは、僕の成績がオール2なのは熟知していたけど、まさか目玉焼き一個もまともに焼けないほど何もできない子だとは思っていなかったらしく、こちらも二人そろってニコニコしていた。たぶん、母さんが家事万能《ばんのう》な主婦の達人なだけに、菜月もその血を受け継いで…ぐらいにしか考えてないいんだとは思うけど。お茶一杯入れるのにこんなにドキドキしている息子の心情なんて、この場では想像すらできないって顔をしていた。

『———どっ、どうしよう。父さん達まで期待してる。逃れられない…。でも、お茶だよね？あれって、ポットにお茶っ葉入れてお湯入れるだけだよね!?なんか変な調合するわけじゃないんだから、よっぽどのことがなければ失敗はないよね!?』

僕は、引きつった顔に笑顔を浮かべながらも席を立つと、おばあ様の傍に寄っていった。

「…は、はぁい…」

緊張のせいか、すっかり声まで掠《かす》れてというか、裏返ってる。

「まぁまぁ、葉月ちゃんと違って、小さなお声ね。菜月ちゃんはもしかしたら、はにかみやさんなのかしら？」

『勝手にそう思っててくれ!!』

「それじゃあ、わたくしカップを並べてますから、お茶をお願いね」

「はぁ…ぃ」

それでも僕は目の前にあるポットや葉っぱの位置を確認しながら、恐る恐る手を出した。

『げっ、これって僕が英二さんのところで全破壊させたやつと同じロゴがついてる。ってことは、マイセンとかってやつだ。たしか、そうじゃなくても高いのに、さらにお値段が張っちゃうとかっていう細密な色柄モノだ。カップ一個で五万とか六万とか平気でするのに。ポット一個でも何十万もするのに…ど、どうしよう』

こういうときに、へたな経験からモノの値段がわかるというのは不都合なもので。僕は葉っぱが入っていると思われる、入れ物一個手にするのにもブルブルと手が震えた。

「ところで、菜月のご主人というのは…、早乙女くんのほうなのかね?」

「はっ、はあ」

「おう、そうかそうか。それは菜月もいいところへ嫁《とつ》いだものだな」

「恐縮です」

「いやぁ、本当に偶然とはいえ、まさかこんな形で君のところと縁続きになるとは思っていなかったからね。しかし、菜月はまだ十六になったばかりだと聞いたが…、結婚に踏みきるにはちと早すぎる歳だったんではないのかね? まだ学校に通っているそうじゃないか」

「────っ!!」

しかも、じじい！　この期に及んでいきなりなんてことを言ってやがんだ!!　ってことを耳にすると、僕の手先は違う意味で震え始めた。

「それに、近年我が家には君の父上から結婚披露宴《ひろうえん》の招待状の類《たぐい》は何も届いていないんだが…。これはすでに君と菜月が、招待客もなく内々で式をすませてしまったということなのかね？　それともＳＯＣＩＡＬの跡継ぎであることをすでに公表している君ほどの立場の男が、嫁をもらったにもかかわらず、いまだに式さえすませていない。世間にも公表さえしていないということなのかね？」

「は？」

「いや、君がどこまで知っているかどうかわからないが、私はこれでも君の父上の結婚式や披露宴にも呼ばれているほど、ＳＯＣＩＡＬとは付き合いの深い顧客《こきゃく》なものでね。おせっかいだとは思うが菜月可愛さもあって、ふと気になったんだよ。君達がすでに結婚式を挙げたのかどうか。籍を入れたのかどうかがね」

「────は、はぁ!?」

英二さんはあまりに突拍子《とっぴょうし》もないことを聞かれ、しばし呆然としていた。

「ふむ。その様子では、どうやらどちらも後回しになっているらしいね。それは…何かね!?　忙しさにかまけてということかね？　それとも菜月が相手では世間体《せけんてい》が悪いということで、嫌厭《けんえん》されたということなのかね!?　ＳＯＣＩＡＬの跡継ぎ息子の嫁としては、ふさわしい家柄ではないとか。

あまりに若いとか。なんせ、ここにくるまで菜月が私の孫娘だということはわかっていなかったわけだし…。マイケルや香里さんからこれまでの生活を聞く限りでは、とても一般的な標準家庭だ。もしかしたら菜月は、そういう事情で君の家族には、まだ受け入れてもらっていないのかね？」

こんなに一方的に驚かされて、言葉に詰まっている英二さんはめちゃくちゃ珍しい。

「だとしたら、ここはこの老いぼれに免《めん》じて…、菜月をぜひ正式に迎えてやってはくれないだろうか？　私は、昔自分が頑固《がんこ》だったばかりに、息子にも香里さんにも、とても申し訳ないことをした。勝手なようだが香里さんにさせたつらい思いを、可愛い孫にはさせたくはない。もちろん、そのさいには菜月は朝倉《あさくら》の娘であり、我がコールマン家の孫娘として嫁に出す。それなりに早乙女の家が納得できるだけの嫁入り仕度は私達からもさせてもらう…。だから、どうだろう…」

「ちょっ、ちょっと待ってくださいコールマンさん!!　正式に受け入れるも何も…。菜月は俺んちの、いや…私の実家には、母と姉で作った菜月専用の部屋まであるほど、家族には浸透しているんですよ！　決して、コールマンさんが思うような事情で式が遅れたとか、してないとかってことはありませんよ!!　菜月はちゃんと我が家で受け入れられています!!」

こんなにあわてふためいて、説明している英二さんは、たぶん僕もはじめて見る。

「では、なぜ公《おおやけ》に式をしてないんだね？　若くして嫁ぐとはいえ、菜月は朝倉にとってはたった一人の娘だぞ。私にとってもたった一人の孫娘だ。娘が他家に嫁ぐのは、女子として生まれた限りは致し方ないが、せめて華々《はなばな》しい姿で嫁ぐ姿を見たいと思うのは親心だよ」

でも、それも仕方ないよな。

だって、むちゃくちゃな内容なんだもん…ってことだけに、勝手に一人で暴走しまくってるじじいに対し、誰一人英二さんのフォローに回ることができなかったから。

特に、じじいと英二さんの会話を何気なくハラハラしながら聞き耳立てている〝心臓の弱いおばあ様〟を見ると、父さんや母さんでさえうっかりしたことは言えないし…って顔をしてて。もう、朝倉家全員で、「お願い英二さん、どうかうまく誤魔化して乗りきって!!」って、心の中で祈るしかなかったんだから。

「そうは思わないかね、早乙女くん」

「いや、それは…その。言われるまでもなく、手順が狂ってしまって、本当に申し訳ないとは思います。が…なにせ、菜月のご両親が突然こちらにこられることになって、それで急遽《きゅうきょ》こういうことになったもので…。正直言って、そこまで仕度がまわりませんでした…。私の気遣いの足りなさ、至らなさです。誠に申し訳ございません」

でも、でも…ね。

「まっ、待ってよ!! どうして!? だからってなんで英二さんがここで謝るの!? ここで両手をつかなきゃならないの!!」

だからって僕は、普段僕どころか葉月の面倒まで一生懸命見てくれてる英二さんが、すべて自分が悪いんですって。自分の手落ちですっていう態度で、テーブルに両手をつくのは違うと思った。

いくら相手が僕のおじい様だとしても、それ以前に大切なお得意さんであっても。そもそもできるはずもない結婚式をしてないからって、一方的に男の義務を欠いてるみたいな言い方をされて責められて、そのうえ謝罪させられるのは、僕には我慢がならなかった。

「菜月っ!!」

「英二さんは毎日毎日一生懸命なのに!!　学校も仕事も今が一番大変なときなのに、そうじゃなくてもこんなところにきてる暇なんかないぐらい、本当はいっぱいいっぱいで忙しいのに!!　それでも家族から離れた僕…いや、私が寂しがらないようにって、最善の努力をしてくれてるんだよ!!　今回だって大変だからいいって言ったのに、わざわざ時間を作って連れてきてくれたんだよ!!　なのに、なんでたかだかそんなことで謝らなきゃならないの!!　頭下げなきゃいけないの!!」

父さんに土下座されたときだって胸が潰《つぶ》れる思いだったのに、ここでまで僕のために英二さんに、頭を下げさせるなんて、絶対に絶対に嫌だった。

「——菜っちゃんっ」

「菜月…っ、よせっ!!」

「僕の、いや違う…、私のダーリンの頭は、決して軽くないんだから!!　安くないんだから!!　変な言いがかりつけて下げさせるのはやめてよ!!」

「——っ、菜月」

とはいえ、僕の暴言にじじいさえ絶句しちゃってシーンとなっちゃった一室に、

「な――菜月ちゃん…」

僕の名前を呼ぶおばあ様のか細い声が響いた瞬間、思わず立ち上がっていた母さんの顔色が一瞬にして悪くなっちゃって。しかも手にしていた茶っ葉の入れ物をガチャンとか割っちゃって。僕の心臓は後悔の二文字で停止してしまいそうだった。

『しまったーっっっ!!』

思わず両手で口を塞《ふさ》いでも、後の祭りというやつだった。

そこいら中に器《うつわ》の破片や茶っ葉が散らかってしまって、優雅《ゆうが》で和気藹々《わきあいあい》のティータイムどころではなくなってしまった。

「まぁまぁ、なんて偉いの菜月ちゃん!! おとなしくってはにかみやさんなのかと思いきや、だんな様を守るためにはちゃんと主張ができるだなんて!! わたくしとても感動よ。それこそ香里さんがどれほどマイケルを大切にしてくれたのか、主《あるじ》として立ててくれたのか。娘である菜月ちゃんの早乙女さんに対する献身《けんしん》ぶりを見れば、一目でわかるほどよ」

『――――え!?』

けど、止まりかけた僕の心臓は、歓喜《かんき》したおばあ様の一言でどうにか救われた。

「この家を飛び出して日本に渡ったこの子を、きっと今の菜月ちゃんのように、あなたがいつも守ってくださったのよね…。本当にありがとう、香里さん」

「お義母様…」

母さんの顔色も、どうにか元どおりに持ち直した。

とりあえず僕のせいで壊れたものはマイセンの器一個に留《とど》まり、嫁姑《よめしゅうとめ》の関係にヒビをいれたり、どっちがか倒れたりってことにはならずにすんだらしい。

「なのに、なのに…。きちんとお式もしてあげないで。こんなに綺麗な香里さんに、ウエディングドレスの一枚もプレゼントしてないなんて…。わたくし達には、早乙女さんにどうこう言える資格なんてないのよ。主人も、菜月ちゃん可愛さでお話をする前に、先に香里さんにごめんなさいを言うべきなのに…」

「――――そっ、そんな、お義母様」

それどころかこの祖父母達が、決して建前で両親に「悪かった」って言ってるわけじゃなくて、心底から結婚に反対して申し訳なかったって、反省しているんだっていうのがよくわかった。

だからこそ今日初めて会った僕に対しても、孫娘可愛さ…なんて言葉が出てくるんだって。

結婚式がどうのこうのなんて、とんでもない話題も出てくるんだって。

「そ、そう言われると――――すまなかった。私としたことが、つい…。マイケルと香里さんのことがあったがゆえに気がせってしまって…。申し訳ない…早乙女くん。香里さんも。たしかに息子の結婚式一つしていない私が、言えることではなかったね」

「お義父《とう》様…。そんな、気になさらないでください」

「そうですコールマンさん。菜月のご両親のことはともかく、私が菜月や菜月のご両親に対して、不手際があったことはたしかですから。ただ、菜月が私を庇《かば》ってくれたように、現状では思うように私が動けないのも事実なので、式のほうはもう少しあとになるということをご了承ください」

そしてそれが英二さんにもわかるから、その場しのぎとはいえ、あとになっても結婚式はやる！　今は無理だけどいずれは…なんて、とってつけたようなことを言ってしまったんだ。

「――…ふむ。あとになるか…。して、どれぐらい？」

「はっ、はい。少なくとも…、菜月が学校を卒業するぐらいまでは…」

「そっ、そうだよ、おじい様!!　僕の、いや…私の学校での立場もあるから、今はどうにもできないの。私の学校の校則、とっても厳しいのよ!!　結婚するなら退学しなきゃならないの!!　私、今の学校が大好きなの!!　今のところで卒業したいの!!　英二さんはそれを一番理解してくれているから、こういうことになってるの!!　だから!!」

だから、僕もここが正念場だ!!　と思って、英二さんと一緒になって嘘八百をつきまくった。

そんなのうちの学校の校則にあるかどうかはわからないけど、でも普通に考えたら禁止されているだろうし。自信を持って校則違反になるから結婚式は挙げられない!!　籍も入れられない!!　英二さんとのことを公にはできないんだ!!　って訴えた。

「――そうか、校則か。それでは致し方ない…。菜月が学生である限り、守らねばならぬ規則はある…」

けど、さすがに学生の本分は強かった。相手が年季の入ったじじいだけに、校則という規律は揺るぎなかった。

英二さんの忙しさうんぬんもあるけど、僕のほうにだって式を挙げられない事情があるんだってことで、ようやくじじいは結婚式ができないってことを納得した。

「あ…ねぇ、あなた。だったらこういうのはどうかしら？」

「ん？」

ただ、だからといって、ここからさらに『そういう展開になるか!?』ってことは起こった。

「このさいだから菜月ちゃんたちの結婚式を、わが家でやらせていただくの。もちろん、香里さん達も一緒に。公になると菜月ちゃんが学校で困るし、盛大にしてしまうと香里さんの体に障《さわ》るといけないから、本当に内々でささやかにってことで。城内にあるチャペルでお式を挙げて、クリスマス・パーティーをちょっぴりだけ披露宴代わりにして、お祝いするの」

十何年分のめくるめく想いを一気に清算…いや、謝罪を形にしたいって気持ちはよくわかるけど。でもそれはちょっと待ってよ!!　っていう話が、今度はおばあ様から発せられたから。

さすがに葉月や英二さんと違って、このおっとりとした上品で優しそうな貴婦人相手に、心の中でも『このばばあ!!』とは叫べなかったけど。

「――――ええっ!?　城内のチャペルでお式!?」

だからどうしたらそういうことを思いつくんだ、あなたって人は!!　ぐらいは叫んでいた。あくまでも、心の中でだけど…。

「そうよ。もちろん、菜月ちゃん達の正式なお式は、いずれ日本で時期がきたときに、早乙女さんのお宅の形式にのっとってすればいいと思うわ。それこそ二人やご両親が納得して決めた、近い未来に。けど…そのときにわたくし達年寄りがお式を見に日本まで行けるかどうかは…わからないわ。特に…、わたくしは…」

けど、僕らは続けざまに、何気なく胸元を両手で押さえられながら、『おっ、おばあ様、それって、どういう!?』っていう、意味深な話し方で「いい方法でしょ♡」って言われたもんだから…。

「あ、ごめんなさいね。これでは菜月ちゃん達のためというよりは、ただのわたくしのわがままになってしまうわね。可愛い嫁と孫娘の着飾った姿が見たい。それを迎える息子と早乙女さんの姿が見たい…。そういう、わがままに…」

とどめとばかりにはしゃいだあとに、ガクッて沈んで「やっぱりだめよね？」「無理よね」って、謙虚《けんきょ》な物言いでうつむかれてしまったもんだから…。

「そっ、そんなお義母さま!!　わがままだなんておっしゃらないでくださいな!!　私、私今からでもウエディングドレス、着たいですわ!!」

念願かなってやっとお嫁さんとして迎えられた母さんとしては、おばあ様の話に同意する以外に道はなかった。

「ねっ、ねっ、菜月!!　あなただってそうよね!!　本当は学校のことがなければ、一日だって早く英二さんとお式を挙げたいんだものね!!　なんていったって、ウエディングドレスは女の子の夢ですものねっ!!」

たとえ自分が生んだのは息子だってわかっていても、あなたも喜んでドレスを着るのよ!! 嬉しいって顔をするのよ!! って、説得するしかなかった。

「ええっ!! そんな殺生《せっしょう》な!! 僕にそんな夢なんかないよ!! このカチューシャで限界だよ!!」

僕はこればっかりは黙っていられなくて、ついつい日本語で叫んでしまったけど。

「まぁ、本当なの、香里さん♡ 菜月ちゃんもそんなに喜んでくれるの!? それじゃあ今すぐにでもドレスを用意しなきゃね♡」

どうして驚愕《きょうがく》した僕の叫び声が、喜び勇んでいるように見えたり聞こえたりしたのかは、一生僕には理解できないけど。

「ねぇ、いいでしょう、あなた!!」

「おお、それは名案だ!! せっかく三代そろってはじめて迎えるクリスマスでもあるし、ささやかながらも記念に残る宴《うたげ》をしようじゃないか。もちろん、仮とはいえこちらの都合で勝手ばかりはできんから、きちんと早乙女くんのご家族にもご連絡とご許可を取って。もし時間の都合がいいようなら、こちらから自家用機を手配して、参列もしていただいて!!」

じじいの「決めた」という一言で、この結婚式…というよりはクリスマス・イベントは、この場で強行されることになってしまった。

「はぁ!? うちの家族に連絡と許可だ!? 自家用機を手配して呼ぶだ!?」

「なになに、そうかそうか。早乙女くんもじつは菜月の艶姿《あですがた》が見れて嬉しいのか。そりゃそうだろう。こんなに可愛い娘は、そんじょそこらにはおらんだろうからな♡」

思わず地で叫んでしまった英二さんにも、このじじいの都合のいい解釈だけは、一生理解できないだろうな…って感じだけど。

「――…あっ、あ…」

どうしてか僕らはわけのわからない展開に巻きこまれ、しかも英二さんの家族まで巻きこまれることになってしまった。

「いやいや、年寄りには誠に嬉しい冥土《めいど》の土産《みやげ》だ。なぁ、早乙女くん!!」

いや単に、それ相応の年寄りに「冥土の土産」という言葉を出されたら、大概《たいがい》の人間は折れるしかないんだろうけど。

「――――っ…はい」

それが、そうじゃなくても人がいい英二さんじゃ、苦笑しつつも了解するしかないだろうけど。

『ごっ、ごめんね英二さんっ』

なにはともあれ英二さんは、おじい様から「なぁ」と言って肩をたたかれた五分後には、自らこの成り行きを報告するべく、国際電話をかけるはめになった――。

『ごめんねーっっ!!』

4

開き直った英二さんが席を立ち、その場を離れて国際電話をかけたのは、お兄さんの皇一《こういち》さんだった。

『――盗み聞きするわけじゃないんだけど…気になるんだもん』

僕はことがことだけに、正直に事情を説明するしかないんだろうな…とは思ったけど、実際英二さんがどうやって成り行きを説明するのかが気になったから、こっそり英二さんのあとをつけてしまった。

〝はぁっ!? 今すぐ俺にロンドンにこいって、どういうことなんだよ!? こっちはそうじゃなくてもレオポンのCMヒット記念の大新年会の準備に大忙しだっていうのに!! 主役兼仕切り屋のお前がいないいから大変だっていうのに!!〟

そして、受話器からもれる相手の声で、僕は英二さんが電話をした相手が皇一さんだとわかると、

『へぇ…。英二さんがこういうときに連絡を入れるのって、お父さんとかお母さんじゃなくて、お兄さんの皇一さんなんだ。やっぱり一番仲がいいからなのかな?』

なんて、なんの気なしにそう思った。

「るせぇ!!　俺にだってどうしてこういうことになるのかわからねぇよ!!　でも、菜月のじじいやばばあが、よりにもよって菜月は女の子だって思いこんでて。俺との結婚式をすませてないってわかったとたんに、こっちで仮祝言をやるって言い出したんだよ!!」

〝は!?　菜月ちゃんが女の子でお前と仮祝言だ!?〟

皇一さんは公私ともに英二さんを溺愛《できあい》しているお兄さんだから、やっぱり想われている英二さんにとっても、皇一さんが家族の中では一番話しやすいのかな?　って。

僕が菜月になんでも話しちゃうように、きっと英二さんにとっては皇一さんがそういう存在なんだって。

「そうだよ!!　ばばあなんか、話が決まった三分後には、菜月のママと一緒になってドレス選びに夢中だよ。すげえ騒ぎだ」

〝――――おっ、お前…よくそれを承諾したな。いくら菜月ちゃんの身内の要望だからって…〟

「年寄り二人に棺《かん》おけを盾《たて》にされて、NOとは言えなかったんだよ。しかも、こっちにきてわかったんだが、菜月の親父の実家がよりにもよってロンドン郊外に城を持ってる、あのコールマン二十五世だったんだ。俺が逆らえるわけがねぇだろう」

〝何!?　菜月ちゃんの父親さんの実家が、あのコールマン二十五世の城だ!?　コールマン二十五世といえば、うちの仁三郎《じざぶろう》祖父さんがSAVIL・ROWで修行していた時代から、目をかけて贔屓《ひいき》にしてくれてた大金持ちの大お得意さんじゃないか!!　それこそ親父がSOCIALを起こすときにも、表立ってではないにしろ、そうとう世話になったたっていう…〟

「ああ。おかげでクリスマスには、城内のチャペルで結婚式ってはめになったんだ。だから急で悪いとは思うが、兄貴は仕事道具一式と珠莉《じゅり》に必要なアシストを連れて、今すぐこっちにきてくれ!!」

でも、英二さんがあえて皇一さんに電話をしたのは、そういう理由ではなかった。

〝は？　仕事道具に、珠莉にアシストだ!?　結婚式なんだから、普通は家族全部を連れてこいなんじゃないのか？〟

「馬鹿言えよ!!　家族が全部そろったら、仮じゃなくて本ちゃんになっちまうだろうが!!　第一、俺が言いたいことを少しは察しろよ!!　いいか、兄貴!!　内々の仮祝言とはいえ、たとえじじいたちを満足させるための真似事とはいえ、この歴史ある城のチャペルで、しかもその当主の孫とSOCIALの看板背負《せお》った俺が結婚式をするんだぞ!!　どんなにじじいたちが急なことだから俺にも婚礼衣装は用意するって言ったたって、じゃあよろしくお願いしますなんて、俺が言えるわけがねぇだろう!!　たとえ好意で上モノを用意すると言われたたって、この俺が一生に一度だろう大事な式で、どうしたら他ブランドの礼服なんぞ着れるんだよ!!」

〝英二――…〟

英二さんがお父さんでもお母さんでもなくあえて皇一さんに電話をしたのは、皇一さんが英二さんにとっては専属デザイナーだから。あくまでも早乙女英二というモデルを使って、皇一さんがレオポンというシリーズを作っている、SOCIALのデザイナーの一人だからだった。

「だったら、今すぐうちのデザイナーとテーラーを呼び寄せて早急《さっきゅう》に作らせるから、待ってくれってことになんだろうが。それがだめならたとえ仮でも式はやれない。どんなに菜月の祖父であり、大生得意さんの願いであっても、俺は俺と菜月にとって大事な式だけに、自社ブランドは無視できねぇ。専属のデザイナーやテーラーを持っている身で、それをないがしろにはできねぇってことになんだろうが!!」

自分がゆくゆくはSOCIALの二代目社長に決まっているという立場を、英二さんはこんなときにも決して忘れてはいなくて。ないがしろにもしていなくて。むしろ誇りを持っているからこそ、大事な式に他ブランドは着られない。

たとえ仮でもなんでも僕との結婚式に、自分を曲げるものは身に着けられない。

そう考えたから、連絡を入れた先が皇一さん（デザイナー）であり、今すぐ必要だと言ったのが珠莉さん（自社のトップテーラー）にアシストさんだったんだ。

『英二さん…』

なんて、実直というか。仕事一途《いちず》というか。お家大事な英二さんらしいんだろう…と、僕は思った。

「だから、急なことで兄貴には悪いが、今すぐ頭の中をフル回転させてそういう場にふさわしい最高の一着を、SOCIALのために創り出してくれ。こっちにくる旅費は俺払いでもかまわねぇから。珠莉とできる限りの打ち合わせと作業をしながら、クリスマスイブの夜までに礼服を間に合わせてくれ」

けど、その一方で僕はそんな英二さんの姿を見ていたら、なんだか『それは違うんじゃない？』って、気がしたこともたしかだった。

『――それって…皇一さんが、お兄さんが可哀想なんじゃないの？』

英二さんが、決して悪気があってこういう電話をしているとは思わない。けど、僕にはこの電話をもらった皇一さんが、この瞬間ものすごく寂しい想いをしてるんじゃないの!? って、思えたから。

それじゃあまるで必要なのは婚礼衣装を作ってくれる人であって、家族の参列はどうでもいいって聞こえるよ。たとえ仮とはいえ大事な英二さんの結婚式なのに、俺達（両親や兄弟）はいらないのか？ って言われても仕方がないよ――って、口調に聞こえたから。

〝――…〟

「って、聞いてるのかよ!! 兄貴!!」

案の定…、英二さんは電話の向こうで皇一さんに無言になられて、眉間《みけん》に皺《しわ》を寄せていた。

〝きっ、聞いてるよ〟

かすかに聞こえてくる皇一さんの声は、ほらやっぱり…って感じで。決して機嫌よく了解したっていう話し方はしていなかった。

〝ただし、俺だけじゃねぇけどな…〟

「――――は？　兄貴だけじゃない!?」

しかも、その不機嫌そうな声は、次の瞬間にはわかりやすいぐらいの怒声に変わって…。

〝英二っっっ!!　ふざけんじゃないわよ、あんたっ!!　そんな一大事がそっちで決まったっていうのに、なんで皇一兄貴と珠莉を呼ぶのよっ!!　アシスタントの要請《ようせい》までして、私達家族をないがしろなのよ!!　それってちょっと違うんじゃないの!!〟

「――――っあ、姉貴!?」

英二さんは受話器を耳に当てていられないほど、けちょんけちょんのぼろくそに怒鳴《どな》られた。

〝何が姉貴よ!!　そのしまったって声はなんなのよ、英二っ!!〟

『うわっ、帝子《ていこ》さんが一緒だったんだ!!　って、あ、そうか…時差』

そう、英二さんは皇一さんのプライベートナンバー、携帯にかけて話をしていたから、まさか傍に帝子さんがいて、英二さんからの話を一緒に聞いているとは思っていなかったんだ。

ちゃんと時差を考えれば、日本はまだ朝なのに。

ちょうどみんながそろって出社してて、家族内で朝礼かなんかしているはずの時間なのに。

英二さんはあまりに予想外のことが続いたから、そのことさえ頭になかったんだ。

『あーあ…。これはこってりと怒られるよ、英二さん。だって、やっぱりさっきの言い方は、家族に対して失礼だもん。悲しいもん』

でも、僕はここで皇一さんだけじゃなく、帝子さんも出てきてくれてよかったってホッとしていた。

なんでそんなに大切だと思う行事に、私達家族を呼ばないのよ!! って、今は目くじら立てて怒られても、家族に対してわだかまりを持っている英二さんにとっては、そういう怒られ方って必要なんじゃないかな？ って思えたから。

こういうときだけは社名がどうとか家名がどうとかっていうんじゃなくって、純粋に『家族なんだから当然なのよ!!』って主張されるほうが、英二さんにとっては喜ばしいはずだって。

〝だいたいね、あんたの婚礼姿なんかこのさいどうでもいいけど、菜月ちゃんラブの私やママに、菜月ちゃんの一世一代の花嫁姿を見せないつもりなの!? それこそ仮だかなんだか知らないけど、うちにお嫁にくるっていうのに、菜月ちゃんに他ブランドの花嫁衣裳で式を挙げさせるって言うの!? 馬鹿言ってんじゃないわよ!! テーマパークで貸衣装着て、記念写真撮るのとわけが違うのよ!! 今すぐ用意しろって言うなら、あんたの衣装じゃなくって菜月ちゃんのドレスでしょうが!! そんなこともわからないの!! このスカタン!!〟

けど、そんな僕の思惑に反して帝子さんの言いっぷりは、『これだからここの家族は…』って内容だった。

それこそ英二さんが英二さんなら、帝子さんも帝子さんだよ。

これで血が繋がってないって嘘でしょう!? 誰が見たってこれが早乙女家の血統なんじゃないの!? って、話の展開だった。

「すっ、スカタン…って」

〝ねぇ、ママ!!〟

〝当然ね。しょせん結婚式の新郎なんて、ステーキに添えてあるガロニと一緒よ。メインは花嫁よ、花嫁!!　決まってるじゃない!!　何勘違いしてるのよ、この馬鹿息子っ!!　それでゆくゆくはアパレル業界全土に君臨していこうなんて、先が思いやられるわよ、無能っ!!〟

しかも、電話をかわったらしいママさんの台詞は、英二さんにはとどめの一発って感じで。

「────っガッ…ガロニっ。無能っ…」

英二さんはステーキの付け合せにされたあげくに、一番早乙女家の次男としてコンプレックスを刺激されるだろう『無能』という言葉を突きつけられて、その場で受話器を持ったましゃがみこんでしまった。

『あっ…いじけちゃったよぉっ。ママさんってばぁ～っ』

これは、はっきりいってこのあとが大変だ。

〝とにかく、これから仕事の調整つけて、親族全員でそっち飛ぶから、チャーター機の料金とそっちでの宿泊費はあんたがあとで払いなさいよ!!〟

「何!?　親族全員でくるだ!!　しかも、チャーター機だ!?　ちょっと待て!!　全員って、まさか親父も雄二も込みってことじゃねぇだろうな!!　親戚の親父やばばあも一緒ってことじゃねぇだろうな!?」

〝込みよ!!　あたりまえでしょう!!　葬式と結婚式にそろわなくって、一体いつ親族全員がそろうのよ〞

「————馬鹿言えっ!!　だから、これは仮なんだぞ、仮!!　あくまでも仮!!　なんでそれに家族一同超えて、親族一同になるんだよ!!」

〝なるわよ!!　あんたね、じゃあ仮仮ってしきりに言うけど、本ちゃんの結婚式がこっちでできると思ってるの!?　結婚披露宴をゆくゆくはやる気があるから、今回のことが仮だって言ってるの!?　だとしたら、菜月ちゃんは男の子なのに、公にお嫁にもらいましたって公表するわけ!?　もらうあんたはいいけど、もらわれる菜月ちゃんの男の子としての立場はどう考えてるの!?〞

「えっ…?」

でも、相変わらずの勢いで英二さんをとことんへこませてしまったママさんだけど、その内容は僕にはとっても優しくて…。

〝それともまさか、こっちでお式をやるときも菜月ちゃんにウエディングドレス着せて早乙女家と朝倉家で正式披露宴をやればいいやとか思ってるの!?　だとしたら、ママは絶対に許さないわよ!!　そんなことしたら、菜月ちゃんは男の子としていられなくなっちゃうんだから!!　世間的に一生女の子として通さなきゃならなくなるんだからねっ!!〞

僕をどこまでも男の子として意識し、尊重してくれたものだった。

〝いい英二、あんたが将来的に菜月ちゃんの立場や籍をどうしたいのかは、はっきりいってママは知らないわよ。そんなのあんたの好きにしなさい。菜月ちゃんがいいって言うなら、ママはどんな形になってもいいんじゃないって思うわよ。でもね、ママはあんたのお嫁に女の子をもらったたって覚えはないからね。あくまでも菜月ちゃんは男の子！　朝倉家の長男をもらったんだからね!!　だからあんたの責任は重いのよって、しつこいぐらい言ってるんだから!!〃

「――…お袋…」

僕なんか、男だ男だっていっても、英二さんにおんぶに抱っこで、収入どころか家事さえできない子供同様の扶養家族なのに。

これでお嫁さんだなんていったら世間のお嫁さんに申し訳がないよってぐらい、英二さんにお世話になってるだけなのに。

〃それに、たとえ仮だろうがなんだろうが、これからやろうとしているお式は、あんた自身が他ブランドなんか着れるかと判断したほどのお式なんでしょう？　あんたにとって、それだけ大切だと思うお式なんでしょう？　それを家族が見届けなくてどうするの？　非公式なものだからこそ、身内がお祝いしないで誰が祝うのよ!!〃

なのにママさんは僕のことを、誰より男の子なんだって思って接してくれていた。

そのうえで英二さんの傍にいることを認めてくれて、早乙女家の中に迎え入れてくれていた。

『ママさん…』

そして英二さんに対しても誰より一番強く「家族」であることをあたりまえのように訴えてくれ

て。しゃがみこんだ英二さんに照れくさそうな微笑を、自然と浮かび上がらせてくれた。

〝わかった、英二!!〟

「――……ああ」

とはいえ、英二さんは電話で顔が見えないもんだから、あくまでもふて腐れたフリをして。口ではぶっきらぼうに返事をしていたけど。

〝返事が小さい!!〟

「ああ、わかったよ」

いかにも「仕方がねぇな」みたいな、わざとらしい対応をしながらも、僕にはちゃんとわかってるんだから！　嬉しいくせに!!　っていうような、優しい微笑を浮かべていた。

〝だったら、とっとと家族親族しめて、最低五十人分のホテルを今から用意しときなさいよ!!　交通費は後日請求にしてあげるから!!　あ、珠莉ちゃん率いるお針子チームもいるんだから、それも頭に入れて二泊分はね!!　ただし、ヘボな安ホテルなんかじゃ許さないからね。最低でもマンデリン・ロンドンのスイートクラスにしてよ!!〟

ただし、それがほんの一瞬だったことも、事実は事実だったけどね。

『ママさん…、またそんな無茶なことをっ!!　マンデリンホテルのスイートっていったら、最低一泊十万円はするのに。しかも、交通費を後日請求って…』

「――ごっ、五十人の旅費っ!?　しかも、マンデリンのスイートクラスで二泊だ!?　ちょっと待て!!　話はわかった!!　話はわかったけど親族はやめろ!!　そこまで手を伸ばすのは勘弁してくれ!!　せめて身内とスタッフだけにしてくれ!!　十人が限界だ!!　俺は旅行会社やってるわけじゃねぇんだからな!!」

〝何言ってるのよ!!　そんなわけにはいかないでしょう!!　ママ達がおばさんやおじさんに、あとから文句言われるんだから!!〟

「だから、そこは急だったとか仮だったたって言ってまかりとおせよ!!　第一、今からそんな条件の部屋が全部用意できるはずねぇだろう!!　全員パスポートだって持ってねぇだろう!!　飛行機にしたっていくら俺でも、一機まるごとチャーターなんて金はねぇぞ!!　俺が払える限界は断固として家族分とアシスト分のみだっ!!　そうじゃなきゃ全額ばっくれるからな!!」

『あーあー、英二さんもムキになってというか、必死になって…。そりゃ、必死にもならざるを得ない内容なんだろうけど…』

それからしばらく英二さんは、ママさんとあーでもないこーでもないと交渉すると、どうにか招待するのは家族とお針子さん達のみ。定員十名ということで、ママさんに納得してもらった。

〝しょうがないわね。それじゃあそれで了解してあげるから、ママと帝子のお部屋だけはインペリアル・スイートにしてよ♡〟

「———っ、人の弱みに付けこみやがってっ」

『さすがはママだ…。息子の結婚式のお祝いにくるっていうのに、スイートルームを要求したかと思えば、そのあとにはロイヤル・スイートどころかインペリアル・スイートへの宿泊を要求するなんで…。本当、容赦がないんだから…』

交渉っていうよりは、脅迫!? って落ちにはなってたけど。

『まったくもぉっ…♡』

でも僕は、そんなママと英二さんのやり取りをずっと耳にしていたら、不思議と「これなら大丈夫」「平気、平気」って言葉が心の中に湧き起こってきて、その場から安心して離れることができた。

みんなのいる応接室に、うきうきとした気持ちで戻ることができた。

「菜っちゃん、ずいぶんトイレが長かったね」

「へへへっ。ごめんごめん」

だって、もしもライラさんが心配したとおり、英二さんが本当は捨て子で、雄二さんとは双子じゃなくて、早乙女の人間とは全く血の繫がりがないんだって事実が世間や兄弟にバレることになったとしても、この家族は決して壊れたりしないよ。大丈夫だよ。家族として生活してきた時間のほうが、絶対勝つに決まってる。現実がなにさ!! って、みんながみんな思うに決まってるって、僕の中にははっきりと見えた気がしたから。

「あ、菜月ちゃん。戻ってきたのね。今ね、香里さんと相談していたのよ。やっぱりお式のドレスはアンジュが可愛いかしらって!? ユミ・カツラとかエルメスとか、素敵なドレスを作っているところはいろいろあるけど。アンジュのブライダルシリーズは特に可愛らしいものが多いから、やっぱり菜月ちゃんには似合うんじゃないかしら？　って思って♡」

「――――えっ…、アンジュにウエディングドレスってあったんですか!?」

「ええ。オートクチュール専門なのであまり知られてないんだけど、とても可愛いウエディングドレスやフォーマルドレスも作ってくれるところなのよ。まぁ、なにぶんにも急なことだからどうかとは思うけど…。でも、わたくしの娘夫婦があそこの偉い方とはご縁があるから、可愛い菜月のためにってお願いすれば、どうにかしてくださると思って」

「どっ、どうにかって…。イヴまであと四日しかないのに…!?」

「大丈夫よ。たしか支社がパリにあるから、そちらの者を今すぐよこしてもらえば」

そりゃ、英二さんの出生については何も知らされていない皇一さんや帝子さん、特に雄二さんが万が一にも知ることがあれば、ビックリするだけじゃすまないだろうし、悲しむだろうし、苦しむこともあるとは思う。

知ってしまった事実がつらいって、感じる一時《ひととき》が全くないとは言いきれないとも思う。

でも、あのときライラさんが僕に言ったとおり、早乙女家にはいまさら英二さんだけが家族じゃないなんて思う人は誰もいないってわかったから。

「すみません。楽しいお話中申し訳ありませんが…、菜月と私の婚礼衣装に関しましては、私のほうに一任していただけないでしょうか？」

「――――英二さん」

「まぁ、早乙女さんに？」

「はい。今、家の者に連絡を取ったのですが、たとえ仮であってもこれは菜月をわが家に迎える大切な式です。ですから、ぜひうちで作らせてほしいそうなんです。それこそ今すぐにでも準備万端《ばんたん》に整えて、家族が抱えのスタッフを連れてこちらに飛んでくるそうですから」

「――――まぁ、ご家族がそろって♡　しかも、菜月ちゃんを迎えるために婚礼衣装を!!」

「はい。正直いって、時間がないうえに母と姉が妙に張りきっているので、どんなものを作られるのか不安はあるんですが…。でも、菜月にとってはどんなブランドのドレスよりも、一番記念になる一着を作ってくれると思うので――――」

『英二さん…』

ママさんがこんなに英二さんをわが子として育てていて、全く他人の僕にまで家族として接してくれる人なんだから。そのママさんに同じように育てられてきた兄弟達が、一緒に育った英二さんを、邪険《じゃけん》にすることは絶対にないって確信できたから。

「そ、そうね。それはそうよね！　わたくしったら嬉しさのあまりに、早乙女さんのご実家の立場やブランドをないがしろにしてしまって…、本当にごめんなさい」

「いえ、そんなことは…」

「でも、とっても素敵ね!!　お嫁さんのために、嫁ぎ先のご両親やご兄弟が婚礼衣装を作ってくださるなんて。菜月ちゃんにとっては、きっと世界で一番愛情のこもったドレスができあがるわね。

ね、香里さん」

「ええ。本当に。なんて菜月は幸せなのかしら。どうもありがとう、英二くん」

たとえ英二さん自身が「知られてしまった!!」って、めちゃくちゃ滅入《めい》って落ちこんでも。沈みこんで自ら家族との間に一線を引いてしまったとしても。きっとママさんが今日みたいに必ずガツンって言ってくれる。

英二さんに対してあたりまえのように、「あんたは何も考えなくても、早乙女家の人間なんだから!」って、どやしつけてくれる。

それこそ僕が「英二さん!!」って声をかけて慰める前に、絶対にママや帝子さん達の「英二!!」が大炸裂《さくれつ》して。英二さんに家族って血じゃないの。戸籍の問題じゃないの。積み重ねてきた時間と相手を思いやる気持ち、何より愛情なのって、改めて教えてくれると思うから。

それこそ僕が英二さんとの生活で、そのことを教わったように。

僕と一緒に葉月までもを、ちゃんと英二さんの家族にしてもらったように。

「菜月ちゃん、本当に素敵なダーリンで、素敵なファミリーで幸せね」

「はい!! おばあ様。菜月は父さんと結婚した母さんと同じぐらい、英二さんと結婚できて幸せです♡」

「――――っ!!」

僕は、ウキウキした気持ちでそんなことを思うと、人前だっていうのに英二さんの腕に両腕をからませて、ギュッとかして頬を寄せてしまった。

「ねっ、ダーリン♡」

甘えるように堂々と、ダーリン♡　って呼んでしまった。

「――――菜月？」

それこそどうしてこんなに僕が上機嫌だったか、全く理由がわかっていなかった英二さんにはひたすら首を傾げられたけど。

あまりの展開にお前も切れたのか!?　って顔もされたけど。

僕はその日夕食までをしっかりご馳走になって、英二さんが予約していたゴージャスホテルにチェックインするまで、幸せ気分いっぱいで浮き足立っていた。

いいや、厳密にいうならば。チェックインしたすぐあとは、葉月と直先輩ともお部屋が別れて二人っきりになったから、なおさら浮かれあがってハイになっていた。

なぜなら――――。

「わー、すごいすごーい♡　英二さんが予約してくれたホテルって、さっきのお城みたいにデラックス～♡　でも、こっちは建物も内装も近代的だから、別のお城にでもきたみたいだね。ありがとう、英二さん♡」

それは大好きな英二さんと久しぶりに二人きりになったから…ってことじゃなく。今日は特に一日中気を張り続けて疲れてるだろうな…って思ってた英二さんを、やっとゆっくりと休ませてあげられるって状態になったから。

「荷物は僕が整理するから、英二さんはゆっくり休んでていいからね♡」

僕自身が心から、自分の父さんや母さんやおじい様やおばあ様に、精一杯気遣ってくれてありがとうって気持ちにもなっていたから。

「あ、バスタブにお湯張っとく!?　それとも、ここってもう張ってあるのかな!?」

だから今夜は、僕も一緒にお風呂に入って、背中を流してあげるね♡　とか、自分から言い出しそうなぐらい、僕は英二さんへの感謝から、尽くしたい気持ちというか優しい気持ちが溢れていたんだ。

「――――菜月」

「ん？　何!?」

とはいえ、そんな僕のハイテンションがいちじるしく誤解され、英二さんを別意味で浮かれさせてしまっていたことに気づいたのは、英二さんが真顔で話しかけてきたあとだった。

「お前さ、成り行きとはいえウエディングドレスを着せられるっていうのに、そんなにはしゃぐなんて…よっぽど結婚式をするのが嬉しいんだな。カチューシャ一個をあんなに嫌がってみせてたのは、じつは建前ってやつで。本当は可愛いカッコするのが、好きだったんだな♡」

「は!?」

お城を出るときにおばあ様が、「てっきりお城に滞在《たいざい》するものだと思っていたから、菜月のために用意していたのに。ホテルを取っているというなら、これはじゃあお土産に持って帰りなさい♡」って言って渡してくれた特大スーツケースを、ニッコニコの笑顔で僕の前に持ち出してきて、

「だったら今夜のごっこ遊びのメニューは決定だな、菜月♡」

さぁ、これを見よ!! とばかりにケースを開き、溢れるぐらい入っていたアンジュのドレスや下着類を、両手に掴んで僕に突きつけてきた瞬間だった。

「深窓のお嬢様、悪い男に浮かれて溺《おぼ》れて快感を得た果てに、最後は愛の奴隷《どれい》になっちゃった♡ごっこだ!! これを着ろ!!」

「――――ええっ!! それってどういう意味なの、英二さん!?」

過去にもそんなに長ったらしいタイトルのごっこ遊びなんかなかったのに!! 一体なんなのそれは!? みたいなことを、胸を張って言いきった瞬間だった。

「どういう意味も何も、説明したまんまだよ。お前はエプロンよりもすげぇフリフリのゴスロリドレスを着て、俺に向かって愛してるから私をあなたの奴隷にしてくれ♡ 好きなように調教してくれ♡と、可愛く懇願すりゃいいんだよ」

「はぁ!? なんで!? なんで僕がそんな馬鹿なことをしなくちゃいけないんだよ!!」

「なんでって、お前飛行機の中で言ったじゃねぇか。ホテルに着いたらなんでもするからイカして

くれって。個室じゃなければ言うこと聞くからって、この可愛い口で♡」

「────」

ただしそれは僕にとっては、「しまった!!」「やばいよ!!」「忘れてた!!」って、青ざめちゃうようなことを思い出した瞬間でもあって…。

「でも、今夜の俺は親切だろう? お前の趣味にわざわざ合わせてやるって言ってるんだから♡ 思うぞんぶん俺の前でだけなら、趣味の可愛いドレスを着まくっていいぞ～って、言ってやってるんだからよ♡」

それの何が僕の趣味なんだよ!! って、思わず叫んで突きつけられたゴスロリドレス一式を、押し返しちゃうような瞬間だった。

「ほらほら、こっちの黒のベルベットのドレスなんか礼服っぽくってシックでいい感じじゃねぇの!? ちょっとみ、メイド系にも見えて♡ 菜月は普段から黒ってほとんど着たことねぇから、なんかこう、新鮮《しんせん》かもしれねぇぞ～♡ よし、これに決めた!!」

「────英二さん…」

ただし、英二さんの「決めた」は、じじいの「決めた」に匹敵《ひってき》するだけの決定力があり、特にエッチにかけてはじじいの「決めた」の優に百倍は揺るぐものがなくって…。

「着ろ、菜月!! 今夜は礼服美少女、性奴隷になる編に変更だ!! あ、ただし、じつは僕女の子じゃなくって男の子だったんです。嘘ついてごめんなさいって設定つきな♡ 俺は菜月の可愛いカッコは気に入ってるが、やっぱり菜月のことはちゃんと男だって意識してやりまくりたいからな♡」

それにもしかして、日中ママさんにコテコテにやられちゃったストレスの解消こみ!? っぽい目的が加わると、僕は英二さんの勢いに押されるしかなかった。

突きつけられた黒のベルベットの極上ゴスロリドレスを不本意ながらも着せられて、英二さんの設定した「今夜の僕は奴隷です」編（あれ？ なんかもっと妖しげなことになってる？）の共演者になるしかなかった。

「こんなカッコで俺を騙《だま》して誘惑するんて、なんて悪い餓鬼《がき》なんだろうな〜」

「いやっ、許してくださいっ!! 僕、あなたが好きだからこんなカッコしてしまったのぉっ!! 今すぐこの服脱ぐから、許してぇ〜っっっ!!」

素肌の上にエプロン同様に心地よいドレス一式を着こんで、こんな姿は一生誰にも見せられないよ!! 英二さんの馬鹿っ!! 英二さんの変態!! 英二さんのマニア!! っていう、とんでもない台詞を吐かされていた。

「おっと、だったら脱ぐのはあとからでいい。せっかくだからそのカッコで楽しませろよ。たっぷり可愛がってやるからさ」

「やっんっ!!」

ただ、勢いに負けて諦めが先行したとはいえ、僕が英二さんのごっこ遊びの片棒をわずかにでも担《かつ》ぐと、英二さんのノリはさらにハイになった。

「ほら、自分からドレスの裾《すそ》をまくって俺を誘ってみな」

「――――いっ!?」

ドレスを着こんだ僕をフカフカなソファの上に座らせると、その片側に腰かけながらも、僕にとんでもない要求をしてきた。

「菜月の可愛いちんちんを自分で勃起《たて》て、上り詰めて。菜月が出したもので入り口をたっぷり濡《ぬ》らして。どうか英二さんのを入れさせてくださいって言って、自分から俺を勃起《たた》せて乗っかってこいよ」

自分はゆったりと手すりにもたれかかって足を組み、すっかりご主人様になりきって傍観の態勢をとると、今夜は僕に自分でしてみせて、あげくにあそこまで濡らして自分から入れにこいって言ってきた。

最初から最後まで僕が主体になって、エッチをしてみなって要求してきた。

「えっ、英二さんっ!!」

「機内でイカせてって言えたんだから、二人きりの今ならなんでも言えるしできるだろう? ん?」

しかも僕が「そんな!!」って態度を見せると、だって約束したもんな～♡ みたいな、意地悪い笑みを浮かべて…。

「そっ、それはたしかに言ったけどっ!! でも、僕は英二さんに何されてもいいけどって意味で言ったんであって、自分からどうこうするとは言ってないよっ!! 第一、こんなカッコさせられたあげくに自分でするのなんか嫌だよっ!! 英二さんってば自分がするわけじゃないからそういうこと言って!!」

「んじゃ、俺がすりゃ菜月もするのかよ」

「————っ!!」

これじゃあ裸エプロンのときと同じ展開だよ!! みたいな言いがかりをつけてきて。一体、どこに英二さんが着れるようなサイズのドレスがあるんだよ!! って状態なのに、ドレスにスッと手を伸ばしたもんだから、

「へたな約束事なんかなくっても、俺がやればお前もやるって言うなら、俺はいつだってやってやるぞ〜。なんせ、俺はサービス精神豊かな男だからな♡」

「いやーっっっ!! そんなの見たくないっ!! 英二さんの一人エッチまでならともかく、アンジュドレス着用は、死んでもいやーっっっ!!」

僕は学習能力のなさを晒け出すように叫びまくると、前よりもっと始末に悪いことを口にして英二さんを喜ばせてしまった。

「————へ〜、俺の一人エッチまでならいいんだ〜。菜月、じつは俺の一人エッチ、見たいんだ〜。なんだ、可愛い顔して菜月も結構いやらしいんじゃん♡ す・け・べ♡」

裸エプロンのときに学んだはずの対策方法をものの見事に頭からすっ飛ばし、ここぞとばかりに英二さんをはしゃがせてしまった。

「ちっ、違うってば!! これはものの弾み!! 口が滑っただけ!! 誰もそんな趣味ないよ!! 英二さんと一緒にしないでよっ!!」

「いいって、いいって、取り繕うなよ。誰しも口では綺麗事を並べても、好奇心っていうのはあるもんさ。ましてや好きな男の究極の秘め事だ。二度も三度も見たいとは思わなくっても、一度ぐらいはどんなもんか見たいと思っても、別におかしいことじゃぁねぇだろうからさ〜。なぁ、菜月。ここまできたら俺のすべて、究極まで知りたいと思うだろう〜♡」

ついでにいえば後戻りもきかないぐらい、悪乗りもさせてしまった。

『――――英二さん…。世の中には、好きだからこそ一生見ないほうが…っていうものも、あると思うよ、僕は』

なのに、ああっ…それなのにぃ。

「いいぜ、見せてやるぜ。ただし、菜月が俺を誘いに誘って、俺を我慢のきかないところまで興奮させられたらな♡ そしたらそこから先は、今夜は俺が奴隷になってやるよ。菜月の目の前でご主人様〜って言って、お前の顔見ながら一人エッチしてやるよ」

今の僕の心の中を馬鹿正直に晒してしまうなら、英二さんの言うとんでもないシチュエーションはともかく、一人エッチしてる姿っていうのには好奇心がムクッ…って感じだった。

『英二さんの一人エッチ…。しかも、僕の顔見ながら…!?』

英二さんがいつものように、とってつけた言葉を並べただけだってことはわかっているけど。

でも、それが英二さんの「究極の秘め事」だって言われると、なんだかすごい秘密のように思えて。無性に覗いてみたい!! 知ってみたい!! って気持ちがムクムクムクッてしてきた。

「ほら、わかったら菜月からだ。ここには俺しかいない。俺を好きなお前しかいない。そう思えば、誘うのも好きだというのも同じようなもんだろう? 俺がいなくちゃ死んじゃうってぐらいのお前の好き、形を変えて俺に見せろって♡」

それこそ単純に、二度も三度も見たいとは思わないかもしれないけど、たしかに一度ぐらいならどんなふうなんだか見てみたいかも…って、エッチな気持ちになってしまった。

「機内じゃ俺がお前の条件呑んで、ついで特性のミルクも零《こぼ》さずもらさず飲んだだろう!?」

「もぉっ…、英二さんってばっ…」

英二さんが英二さん自身を慰めるという、決して人前では晒すことがないだろう姿を。

それも僕を見ながら、想いながらしてみせるという、僕にとっては恥ずかしいやら目のやり場がないやら、でもどんななの!? っていう、秘められた雄《おす》の部分を表した姿を――。

「それともこれが嫌なら、帰りの飛行機で個室にすっか!? ただし、そうなったら次は夜にこっそりなんかじゃなくて、真昼間っからするからな。それこそ、たとえ乱気流に突入しようとも。お客様、ご気分でも悪いんですか!? と、スチュワーデスの姉ちゃんに扉をガンガンたたかれようとも!!」

「わーっ!! わかったよ!! わかったってば!! 冗談じゃないよ、そんなの!! だったら今すませるってば!!」

「よしよし。わかればいいんだ、わかればな♡　ほれ、ドレスまくってやってみせろ♡」

「もう〜っっっ、こうなったら、今夜は普段どれだけ僕が恥ずかしい思いをさせられてるのか、絶対に英二さんにも味あわせてやるからねっ!!」

もちろん、どんなに好奇心をくすぐられようが言い方を変えようが、結局僕が英二さんにいいように丸めこまれて、今夜もすっごいエッチなことさせられようとしているだけだ…っていうのは、わかりきっていた。

これならたとえ真昼間の乱気流の中でも、機内で個室のほうがよっぽどノーマルに近いんじゃや!?って結果になるかもしれないってことも。

「――――っ…」

なのに、変な好奇心を抱えたまま英二さんに見られながら自分でする――――っていう恥ずかしさは、僕の中ではすでに隠しきれないほどの興奮となって表に出た。

握りこんだ僕自身は、はしたないぐらいそり上がって大きくなり、僕を自己嫌悪する間もないほど速攻で、恍惚《こうこつ》の世界へと突き落としていった。

「っ…んっ」

そりゃぁ、最初から言われたようにドレスの裾をまくり上げて「見て♡」なんてことはできなかったけど。僕のモノはそろそろと利き手をもぐりこませて触れてみると、僕の中に持っているだろうやらしさのすべてを表すように、ドレスの中でピンピンに勃起上《たち》がっていた。

『あ、どうしよう…熱い…。こんなに恥ずかしいカッコで、恥ずかしいことさせられてるのに…。英二さんが見てると思うだけで、見られているのに、自分でこんなところを触っているんだって思うだけで…、なんだか感じてきちゃう』

それこそ芽生えた好奇心が満たされる前に、欲情だけでも十分満足してしまいそうなぐらい熱く硬《かた》くなっていて。先端からはジワジワとほとばしりがもれ始め、すぐにでも一人でイッちゃいそうだった。

『あんっ…、これじゃあ英二さんを誘うどころじゃないよ…。一人で盛《さか》ってドレスを汚しちゃう』

とてもじゃないけどこのままじゃ、今夜はとことん傍観するぞ！　菜月からさせるぞ！　マグロを人に戻して、ベッドの海で一泳ぎさせるぞ!!　って決めこんで構えている英二さんを、猛々《たけだけ》しい一匹の獣《けもの》には変えられなかった。

「――……んっ…」

まだまだ英二さんが僕にしてみせろって言った、行動の半分も起こしていないのに。

このままじゃ、続きは後日か!?　なんて言われて。また明日も同じようなことをさせられかねないのに。

「あっ…んっ」

それがわかっていながらも僕は、湧き起こる快感にすっかり意識を持っていかれてしまって、そのままコソコソとドレスの中で、自分自身を扱き続けてしまった。

「んっ…っ」

そしていつしかソファの背もたれに崩れていく体を預けると、英二さんに背中を向けるように身を倒し、しっかり瞼まで閉じて手淫《しゅいん》に耽《ふけ》って快感を貪ってしまった。

「――おい!! ちょっと待て!! それじゃあ全然俺には見えないじゃないかよっ!!」

もちろん、すっかり存在を無視して身勝手にもだえ始めた僕を見ると、英二さんはムカッてしていた。

「…んっ…、だって…ぇ」

これじゃあ話にならないだろうが!! 俺を誘う以前に、そもそも奴隷ごっこにもなってないじゃないか!! って、わざとらしいぐらいプリプリとした言い草で怒ってきた。

「だって…、英二さんに見られてって思うと、それだけで…感じちゃうんだもん」

「だったら、その感じてる姿をせめて俺にもちゃんと見せろって!! 何気なくそうやって後ろを向いて、いいところを隠すなよ!!」

俺は菜月が恥ずかしがりながらも感じているところが見たいのに。ついでにおねだりなんかもしてくれるとなお嬉しい♡ ってことで、こんな馬鹿なこと言ってやらせているのに。これじゃあ菜月につけこんで、俺があれこれ言った変態チックな前台詞が、全部無駄になるじゃないか!! って、感じだった。

「やぁ、っ…んっ、だ…もう…イク…」

「やぁじゃねぇよ!! 勝手にイクな!!」

けど、すでに上り詰める寸前のところまでいってしまっていた僕にとっては、そんな英二さんの文句さえ、快感を煽《あお》る刺激剤にしかならなかった。

「ほら、見せろよ、菜月!!」

「――――っやんっ、ん!!」

それこそ怒った英二さんにベルベットのドレスの裾をたくし上げられても、必死に手を動かしているところが丸見えになってしまっても。

「やんじゃねぇって!!」

「やぁ、英二さんっ!! だめっ!!」

現れた右足の膝を立てられ、左足はソファから下ろされ、英二さんの前に恥部という恥部をすべて晒すはめになっても。

『イクっ…イッちゃう!!』

上り詰める手前で必死になってスパートをかけていた僕には、絶頂への後押しというか、とどめの一突きにしかならなかった。

「菜月っ!!」

「んっ――――、っんっ!!」

しかも、英二さんに怒鳴られたと同時に上り詰めてしまった僕には。まくりあがった漆黒のドレスに、目立つぐらい白濁を飛ばしてしまった僕には。そんな姿を見られた恥ずかしさ云々《うんぬん》よりも、英二さんの声でイケちゃった♡　抜けちゃった♡　という快感のほうが先行しちゃって、とってもいい具合に満たされてしまった。

「――――…英二さぁんっ…」

まるで、夕食のときに出た食前酒を口にしたあとのように、ほどよく酔《よ》ってしまって。特に意識したわけではないはずなのに、そのあとはめちゃくちゃ甘ったれた声で、英二さんの名前を連呼してしまった。

「きて…ぇ、英二さん…」

それこそ強引に開かれたはずの両足さえ閉じることもしないで、白濁にまみれた利き手をモゾモゾとさせると、疼《うず》く蜜部に指先を伸ばしながらも、乱れに乱れたおねだりをしてしまった。

「やっぱり英二さんでイキたい…。僕、英二さんと一緒のほうがいいよぉ」

よくよく考えたらドレスから下肢を丸出しにしたあげくに、両足を開いて抜けたばかりのアソコを触り、英二さんに向かって「して」って言うなんて。エッチすぎてというよりは行っちゃいすぎてて、自分ではどんな姿なんだか想像さえできない醜態《しゅうたい》だけど…。

「なんだよ、それは!!　人の言うこともきかねぇで、自分ばっかり気分よくイッちまいやがったくせして!!　俺を丸無視して、本気で自慰に耽ったくせして!!」

「だってぇ…」

でも、勢いでしてしまった僕にはあんまり自覚がなかったけど、それは知らず知らずのうちに英二さんからの要求の半分ぐらいはクリアしたってことだった。

英二さんに自分からズボンのファスナーを下ろさせる、イコール誘ってその気にさせるってことには大成功していたみたいだった。

「だってじゃねぇよ!!　ったくお前は!!　これじゃあ、お前のお誘いを待って黙って見てた俺が馬鹿みたいじゃねぇかよ!!　ご主人様っていうよりも、ここからしてすでに俺のほうが置いてきぼりをくった奴隷じゃねぇか!!」

もちろん、ごっこ遊びの筋立てがそうとう変わってしまったというか短縮されてしまった英二さん自身は、納得いかねぇ!!　って状態で、文句タラタラだったけど。

「ったく…、本当に参るよな、俺の女王様は」

「あっ、んっ!!」

それでも結果的には、僕の醜態に自分がその気にさせられたってことは認めてくれた。

自ら高ぶりきった男根を引き出して僕の体に覆《おお》いかぶさってくると、荒々しいぐらいの勢いで僕の足を開き、そして貫《つらぬ》き、力強く抱きしめてきた。

「———あっんっ!!」

「ほら、これが欲しかったんだろう?　だったらお前からも、もっと腰を振ってこいっ」

「あっ、英二さんっ…」

最初は僕の唇を貪りながらも、前から抱きしめ深々と——。

「少しは中が滑ってきたか？　だったら、このまま後ろ向け…」

「んっ、あっ、んっ」

そして多少なりにも僕の中が潤《うるお》って、英二さんのモノがスムーズに抽挿《ちゅうそう》できるようになると、今度は僕に後ろを向かせて背後から——。

「——っふっ、すっげえふしだらなカッコだな、菜月」

「やっ、あんっ!!」

英二さんはソファの上で四つん這いになり、ドレスが捲り上がってむき出しになった僕のお尻をちょいちょいと指で突つきながらも、激しく休みなく抽挿を繰り返してきた。

「あんっ…っんっ」

背後から容赦なく奥の奥を突かれ、僕は悲鳴にも似た喘ぎ声をもらした。

「んっぁっ」

楔《くさび》を何度も打ち直すように突いてくる英二さんに、僕の下肢は砕けそうだった。

「黒のドレスのせいか、白くて可愛いケツがなおさら白く浮き上がって見えんぞ♡　なのに、俺のものを銜《くわ》えこんでるところは真っ赤に熟《う》れてて…。すげぇ、いやらしいの」

「えっ、英二さんっ…っ」

なのに英二さんは、そんな行為の合間《あいま》にも、自分がさせてるくせになんてこと言うんだよっ!!

ってことを口にして、僕を辱《はずかし》めたりした。

「でも――やっぱこれじゃあ、俺の菜月って気はしねぇんだよな」

さんざん突きまくって好き勝手なことを言い続けたくせして、英二さんは一向《いっこう》にフィニッシュを迎えることはなかった。なんか調子が上がらねぇみたいな口調で「ん?」ってことを言うと、両手を伸ばして僕の背中を指でなぞり、しっかりととまっていたドレスの後ろボタンを一つ一つ外していった。

『――英二さん…?』

「可愛いには可愛いが、きっちり着こんだドレスが邪魔して、菜月の白いうなじも狭い肩も、細い背中もなんにも見えやしねぇもんな――」

そしてすっかりボタンを外しきり、僕からドレスを脱がせて丸裸にしてしまうと、英二さんはまるで僕が男の子なんだって、改めて確認したようなことを口にした。

「華奢なんだけどちゃんと男の子してる、菜月の体が堪能できねぇ。いつの間にかどっぷりとはまりこんでいた、俺の菜月が味わえねぇ…」

ノンケだったはずの自分が、こんなに男の僕にはまってる。

菜月だからはまってるって、僕に伝えるように言葉に出した。

「やっぱ、菜月は何も着てねぇのが一番可愛いくて、そそるかもしれねぇな♡」

別に僕がカチューシャ一個で女の子としてまかりとおってしまうような、見た目にあいまいな部分があるから好きになったとか、惑《まど》わされたわけじゃなく。あくまでも朝倉菜月という人間が、自分と同じ性を持っていることがわかっていても、こうして抱きしめたくて、また愛したいんだと自分にも僕にも再確認をしていた。

『英二さん…』

「俺の前に全部を晒して、俺に力いっぱいしがみついて、好きだ好きだって言ってるのがよ…!!」

「つんっ!!」

そして僕の裸体をよりいっそう強く抱きしめると、高ぶる自身をさらに高ぶらせ、もう入らないよ、ここが限界だよっていうところまで身を沈めた。

「――――っ…はぁ」

僕の首筋に小さな吐息をもらし、そのまま僕の中に熱い白濁を打ちつけ、上り詰めていた。

「あっんっ…英二さんっ――――、英二っっ…っ」

熱いほとばしりを体の奥で受け止めると、僕は何度目かの絶頂に全身を震わせ、英二さんの名前を何度か呟いた。

「好きっ…大好き…」

ほかには言葉がないの。この気持ちはこの言葉でしか伝えられないのって言葉を、何度も何度も呟いた。

「英二さん…大好き」

英二さんはそんな僕の体を抱き直すと、何度か髪を撫でながら唇をついばんだあと、ソファから降りて僕を抱き上げ、寝室のベッドまで運んでくれた。

「——菜月」

そして自らも衣類を落として広々としたベッドに上がってくると、今度は生まれたままの姿で、僕に素肌を重ねてきた。僕のことを愛情いっぱいに抱き直してきた。

『英二さん…』

僕は英二さんの気持ちや温《ぬく》もりを全身で感じ取ると、「裸体の菜月が一番だ」と言われたことが、心から悦《よろこ》びになっていることを自覚した。

英二さんが「生まれたままの菜月がいい」って言ってくれたことが。

英二さんが「素《す》の菜月が一番そそる」って言ってくれたことが。

好きだって言葉をもらうよりもなんだか嬉しいことのように思えて、それがまた新たな快感を生み出して、僕も心身から英二さんと気持ちは同じだって実感できた。

僕も、僕も…ありのままの英二さんが好き。

生まれたままの英二さんが、大好き——って。

5

クリスマス・イブの夜には、お城のチャペルで結婚式!!

――――なんて、ロマンチックなんだか、いいのかこれで!?　なんだかはわからないけど、とにかく世間様の流れに任せたらそういうことになってしまった僕と英二さんは、一夜が明けると残りの滞在《たいざい》期間に予定していたスケジュールを、大きく変更する相談をしていた。

「んじゃ、セスナでもチャーターしてのんびり全土を回ってみっか…って予定は、途中に入った式のために叶《かな》わなくなっちまったからな。式が終わってロンドンを離れるまでは、日帰りできる程度のお勧めスポットにでも繰り出して…」

急な変更にもかかわらず、だからそんな時間があるならホテルに籠って、体を休めるなり勉強する時間にでも当ててくれていいのに…って思うぐらい、英二さんのサービス精神は相変わらず豪勢なものだった。

一見、いかにも衝動《しょうどう》できちゃいました!!　っていってもおかしくないぐらいのイギリス旅行なのに、裏を返せばとっても緻密《ちみつ》な計画が組まれていて。せっかく初めての海外旅行なんだから、しかも菜月にとっては親父の生まれ故郷なんだから、時間の許す限りあっちこっちに行って、楽しませてやろうっていう思いやりでいっぱいだった。

「んでもって式が終わったら、日本に帰るまでの五日間は、嘘も隠しもねぇ新婚旅行ってことにしてよ。なんか、第一部第二部って感じだけど、それなりにうまく予定を組めば、堪能できるはずだからよ」

『英二さんってば…』

でも、だからこそ僕はそんな英二さんに対して、少しは「僕の想いもわかって」って気持ちになった。

そんなに僕のために一生懸命にならないで。観光はいいよ。ホテルにいようよ。せめてこっちにいる間だけでも英二さんにとって、一番有意義な時間の使い方をしようよ。

今朝だって、僕が目を覚ましたときにはもう起きてて、一人で司法試験の勉強してたじゃん。日本を出るときには、せっかくの菜月との旅行に勉強道具なんか持っていけるかって笑ってたのに、でもこっそり忍ばせてきてるじゃん。

どんなに英二さんができる人だっていったって、こればっかりは本当にできる人間が必死になって受験してくるんだから、決して簡単なものじゃないんだって…、英二さんらしくもない切羽詰まった顔…してるじゃん。

『けど、そういう姿も僕は好きだよ。大好きだよ。だってそれって英二さんが頑張ってる姿だもん。人よりたしかに秀《ひい》でたものはたくさん持ってる英二さんだけど、だからって決して努力もなく維持《いじ》してきた結果じゃないんだって。人の前でも人の陰でも、常に英二さんは努力してきて、まだ続けてる人なんだって、わかる姿なんだもん――』

だから、そういう姿はもっと堂々と僕に見せてほしぃよ。

かまってやれないけど今が大事だからって、一言ですませてほしぃよ。

そのほうが僕には嬉しいし、英二さんが楽なほうが何より安心だよ。だから、だからさ‼　って、出かける仕度をしている英二さんに向かって、今こそ僕の気持ちを言葉にしようとした。

「英二さん…、あの」

「――とはいっても、全部が全部お楽しみだけで…ってわけにはいかねぇのが実際だけどな」

けど、それは英二さんの後続の言葉で歯止めをかけられ、発することができなかった。

「え？」

「いや、こっちにくることがあったら、どうしても寄ってみてぇって思ってたところがあるから、一部仕事がらみになっちまうってことだ。菜月には便乗させてもらって悪いとは思うが、ちょっとばっか付き合ってくれよな」

じつはこの旅行には、僕を両親に会わせたいとか楽しませたいっていう目的以外に、仕事のほうも絡んでいた。英二さんがもともと行きたいと思っていた場所があって、そこだけは今回の旅行とは、目的が別になってしまうんだって言ってきたから。

「――嫌か⁉」

「え!?　そんなことないよ!!　むしろ嬉しいよ!!」

いかにも悪いけど、申し訳ないけどって顔はしていたけど。でも、僕には英二さんが英二さんの都合を了解しろよって言ってくれたことが、なんだか嬉しく思えたから。

「嬉しい!?　仕事に付き合うのがか!?」

「うん♡」

決して僕のほうにばっかり気は遣えない。菜月のほうにも自分に合わせてほしいときがあるんだって、ちゃんと言ってくれたことが嬉しかったから。

「おいおい、勘違いするなよ。今回はお前がキャーキャー騒ぐようなモデルとしての内容じゃないんだぞ。会社の裏方として、新作に使えそうな生地の発掘に行くんだ。こっちの注文をクリアしてくれそうな会社をあたりに行くんだ。どっちかっていったら、街の中や工場の中を、くるくる回るだけなんだぞ」

「わかってるってば!!　だから嬉しいんじゃない♡」

「――――あん!?　だから嬉しい!?」

しかも、それがカッコイイが前面に出るようなイメージモデルとしての仕事じゃなく、英二さんが自ら「自分はそもそもこっちの人間だろう」と判断して歩き始めている経営サイト（裏方さん）のお仕事だってわかったら、なおさら今よりもっと英二さんの素顔が見られる気がして。もっと傍にいける気がして。僕はやたらめったらはしゃいでしまったんだ。

「だって、今まで見たことがなかった英二さんが見れるんだもん♡　そりゃ、説明聞いても何しに行くんだか僕にはよくわからないけど。でも、少なくともこれまでに見たことがなかった英二さんが見れるんだって思ったら、僕にとってはすっごく嬉しい、楽しいことだよ。たとえそれがいつもみたいにギラギラ〜って派手なものじゃなくっても。ううん、むしろその裏側が見れちゃうんだ!!って思ったら、すっごいわくわくするもん!!」

ただ、英二さんはそんな僕の反応に、最初は「ん？」って顔をしてたけど。

「なんか、これって言い方が合ってるのかどうだかはわからないけど、僕の感覚では英二さんのそういう姿を見ている人のほうが少ないって思うから。特にCMデビューしちゃってからは、モデルで獣でカッコよくって。SOCIALの令息《れいそく》なうえに頭もよくって。そういう非の打ちどころがないっていうような面ばかりが強調されて知れわたってて。それで騒いでいる人が圧倒的でしょう!?

でも、だからこそ、そうじゃない英二さんを一つでも多く知ってることが、今の僕には嬉しいの」

でも、英二さんは英二さんなりに僕の言わんとすることを理解すると、その後は妙に照れくさそうな微笑を浮かべた。

「もちろん、表向きの英二さんに対して一番キャーキャーしてるのはほかの誰でもなく僕だろうから、何言ってんだって感じだけどね。でも、いろんな英二さんに触れて、いろんな英二さんを見て、それでもっともっと大好きになった今だから、たぶんこういうふうに感じたり思ったりするんだとも思うよ」

「ほ〜。ってことは、菜月。俺のごっこ遊びがこれからさらにグレードアップしても、奇抜なエッチが増えたりしても、いろんな英二さんにさらに触れられるから、さらに大好きになってくるってことだよな？」

やれやれって顔をしながらも、僕からのこんなに感動的な話をそこで落とすか!! ってことをわざと言った。

「たとえ毎晩にわたってありとあらゆるイメクラごっこをしようとも。妙ちきりんなコスプレエッチに走ろうとも」

「えっ、英二さん!! それは違うでしょ!!」

そしてニヤリってしながら僕をからかうと、用意していた荷物から離れ、なんだかんだいっていまだにベッドの上でゴロゴロしていた、僕の傍へと寄ってきた。

「——いきなり俺のチンポしゃぶれ！ とか言ってもよ」

本当にそれっていきなりなんじゃないの!? 脈略もへったくれもないんじゃないの!? って台詞を吐くと、僕の目の前に括れた腰を突き出してきて、「どうよ」って立ちはだかった。

まったくもぉ、これだから英二さんは英二さんなんだから!!

「……え!?」

けど、それが英二さんの照れ隠しだってことは、僕には十分わかっていた。

英二さんは究極までシリアスな方向に行っちゃえば、目茶苦茶カッコイイ台詞も言っちゃうけど。

そうじゃなくって何気なくこんな話になったときや、ごく自然に僕からの大好きが伝わって受け止められたときって、どうしてか恥ずかしがってこういう方向に走っちゃうのが常だから。

「なんてな。サンキュ…菜月」

たいがい一度場を壊してから、改めて本心を伝えてくるのがパターンだから。

「お前の気持ちは、嬉しいよ。すごくな」

ほら、こうやって――♡

『英二さん…』

ただ、こうなると不思議だなって思うんだけど…。最近の僕ってば、「しろ」なんて言われなくても、自分からしてあげたくなっちゃうんだ。

英二さん自身を口で、とても愛してあげたくなっちゃうんだ。

「――…菜月!?」

まだまだ恐る恐るって感じだけど。これで英二さんをイカせた！　なんてこともいまだにないけど。

僕は自分から先に着替え終わっていた英二さんの下肢に手を伸ばすと、気がついたらズボンのボタンを外していて。ファスナーも下ろしていて。英二さんのモノを自分の手で引き出して、そしてチュッて口づけてるんだ。

「――っ…っ!!」

ペロッて舐めたり、しゃぶりついたり、自分でもどうしてできちゃうんだろう？って思うようなことが、自然にできちゃったりするんだ。

『好き…大好き…英二さん』

それこそ、初めてしたときには閉じていた瞼も、今ではうっすらとだけど開くことができるようになって。僕の手の中で僕の唇や舌に触れた瞬間、英二さんがどんな顔をするのか、英二さん自身がどんな反応をするのか、ちゃんと確かめることもできるようになった。

「菜月…」

「んくっ、んっ…」

口ではさんざんエロなことを言って僕を挑発するくせに、いざ僕から仕かけられると信じられないっていうか、驚くっていうか、なんとなく恥ずかしそうに伏目がちになってしまうことも。

嬉しい、気持ちがいい、でもやっぱり照れくさいっていう表情をしていることも。

僕が恥ずかしさに負けて視線を逸らしていたら、一生見ることが適《かな》わないだろう英二さんを、やっと最近になって僕は確かめられるようになったんだ。

「んっ…んっ…、んっ…イッて…」

「菜月？」

そしてそれは僕自身が、自分の中にどれぐらいの欲望を秘めているのかってことにも、改めて目を向けるってことで…。

「このまま、イッて。僕…英二さんの、飲んでみたい…」

「――――!?」

僕の好奇心と背中合わせにある自分の貪欲さみたいものが、ふとした瞬間に現れるようになったんだ。

「英二さんのだから、知りたい…」

「おいおいっ」

それこそ真面目《まじめ》（？）にこんなことを口にしちゃうなら、英二さんの茶化しながらのほうがまだマシなんじゃゃ!?　って思うけど。自分からしてあげたいモードに入っちゃうと、どうしてか僕ってば、英二さんのごっこ遊びより始末が悪くなっちゃうんだ。

「だから、お願い…イッて」

「――…菜月っ」

乱れろなんて言われてないのに、勝手に乱れて高ぶっちゃうんだ。

上掛けに隠れた下肢の部分では、触ってもいないのに、勃起《たち》上がってしまって。

「英二さん…」

けど、これが煩悩《ぼんのう》っていうか、本能なんじゃないかな？　って、いつの間にか僕は思うようになっていた。

「好き…、はぁっ」

大好きな人の体にこんなふうに触《ふ》れて、大好きな人がもらす吐息《といき》を耳にして、それで自分が高ぶれなかったらおかしいじゃん。

それで、もっともっとって気持ちになれなかったら、寂しいじゃん。

じゃなきゃどこまでも一緒にイケないじゃん。

堕ちるところまで堕ちれないじゃんって、思うようになったから――。

「英二さぁん…っ」

僕は、僕の奥深いところにあるそんな欲望を露《あらわ》にすると、英二さん自身への愛撫を一生懸命強め、ジュブジュブ音がしちゃうほど英二さんモノをしゃぶりあげて「きて…」って訴えた。

出して。飲ませて。僕のこの欲求と好奇心を、どうか今日は満たしてって…。

「――ぁっ、ああ、わかったよ。いいよ、出してやるよ」

すると、セックス慣れした英二さんでも、さすが今日ばかりは僕の誘惑に応じてきてくれて、微笑を浮かべながらも「それならこのままイッてやる」って言動を見せてきた。

「…ただし、思いがけずにまずかったとか言って、吐き出しやがったら折檻《せっかん》だからな!!」

今までは限界がくると、かならず僕の口から自身を引き出していたのに。

英二さんはこの場はこのままイッてやる。菜月の望むままに出してやるって顔をすると、初めて僕の口の中に自ら自分自身を突っこんできた。

「んっぐっ!!」

「――…イクぞ、っ」

そして何度か弾みをつけるように抽挿を繰り返すと、極限までそり上がったペニスを限界まで突っこみ、咽《むせ》ぶような熱い白濁を、口いっぱいに放ってきた。

「んっっ…っ」

その激しさと、口内と喉が一度に犯されたような感覚に刺激され、僕はうめき声をあげると同時に自らも放っていた。

「ほら、うまく飲みこめよ――」

少しだけ命令口調な英二さんの声に、全身が感じ入ってぶるって震える。

「んっ…くっ」

口の中いっぱいに溜まる英二さんの白濁を、英二さんがペニスを引き出すと同時にコクッて飲みこむ。

これが、英二さんの…なんだって、僕の記憶に刻みこまれていく瞬間だった。

「――どうだ? 美味《うま》いか?」

英二さんの指先が、僕の唇についたほとばしりをスッと拭い取る。

感想を尋ねる口調が、かなり嬉しそうだった。

英二さんってばなんだかんだいって僕にさせなかったけど、きっと一度はさせてみたかったんだろう。そういう意味では、僕のおねだりでなし得たことに、そうとう満足だったんだろう。

「――――……まずっ」

「あっ!?」

ただし、あまりに本能に正直モードに入っていた僕が、ついついうっかり本音をもらすまでは……だったけどね。

「ひょっ…表現に困るぐらい、まずいもんだったんだね、これって」

そう、僕ってば、途中で英二さんがムッとしたのに気がつけばいいのに、馬鹿正直にかつ素直に、最後まで隠し立てのない感想を言ってしまったのが大墓穴だった。

「なんだとっ!! お前っ、自分から飲ませろって言っといて、嘘でも『もちろん英二さんのだから美味しかったよ♡』とか言えねぇのか!! 失礼なやつだな!!」

「だっ、だってぇ!! 英二さんがいつもニコニコして飲んでるから、こんな変な味だと思わなかったんだもん!! それともこれって、英二さんのが特殊な味なの!? 僕のはちゃんとした味がするの!? コンデンスミルクとかカルピスみたいな味が!?」

その気になっていい気持ちで好奇心が満たされて、英二さん自身も十分満たされて…ってところでこの話を終わらせてしまえばよかったのに。

「変って言うなよ、変って!! 俺は愛情でお前のものを飲んでんだぞ!! しかも、こんなもんにいろんな味が存在するはずねぇだろうが!! したら怖いだろうが!!」

「でっ、でもぉっ」

「でもじゃねぇだろうが!!　あーっつ、もぉ、すげぇ腹立った!!　こうなったらお前には、毎日朝晩俺のを味合わせて、とことん慣れさせてやるからな!!　それこそ心から美味いと言うようになるまで徹底的に調教してやる!!　覚悟してろよっ!!」

「えーっつっ!!　冗談じゃないよ!!　そんなの毎日青汁を飲むよりつらいじゃん!!」

あまりに思うがままに話を切り返してしまったがために、僕はまたまた英二さんにつけこまれるようなはめになってしまったんだ。

「何とくらべてるんだ、何と!!　だったらこのさい、まずい、もう一発!!　と言えるようになるまで飲み続けろ!!」

「無茶言わないでよぉっつっ!!　どうせそんなこと言ったって、美味しいって言ったらじゃあ毎日飲ませてやるとか言うくせに!!　もう一発なんて言ったら、ほくほくしてもう一発出すくせに!!」

「――――よくわかったな。さすがは、俺の菜月だ♡」

「わかるよ、そんなの!!　だって、僕の英二さんなんだもんっ!!」

まぁ、それでもきっと、世間様がこの様子を覗いたら、ただの「馬鹿ップル」って呆れちゃうだろうけどね。

「あははははっ!!　そりゃたしかにな♡　俺はどこまでいっても、お前だけの早乙女英二だよ」

「――――っ!!」

「お前が俺だけの朝倉菜月であるようにな――――ＣＨＵ♡」

これにしたって勝手にやってろって感じの、痴話喧嘩《ちわげんか》にもならないじゃれつきなんだろうけどね。

『もぉ、英二さんってば…。さんざんなこと言うしするくせして、最後の最後にはぐうの音《ね》も出ないような言葉と口封じのキスで落とすんだからぁ!!』

巻かれてる僕も僕だけど。

でもこんな関係…、心地いいなって思ってる、僕も僕だけど。

「せっかくだ、もう一発やらせろ。今度はこっちのほうで…」

「あんっ…、英二さんってば!!」

ましてや、これで朝からまたしちゃう、僕も僕だけどさ。

『――英二さんってば…』


「おっと、うっかり夢中になってて時間がたっちまったな。シャワー浴びて着替えてろよ。今日はのっけっから仕事で悪いが、ちょいとレスターまで出向くからよ。一応葉月と直也にも、一緒にいくかどうか声かけてみっから」

「――はーい」

ただ、種類が同じかどうかはわからないけど、こういう関係がじつは自分達だけじゃないんじゃ!? って思ってホッとしたのは、シャワーを浴び終えてから英二さんに、葉月達がしてきた返事を聞いてからだった。

「え⁉　葉月が腰砕け起こしてベッドから出られないから、今日はホテルにいるぅ⁉」

「…ふっ。対応に出てきた直也に、昨夜《ゆうべ》やりすぎちゃいまして♡　と軽く言われちまったぜ。ったく、あいつら何回やったんだ⁉」

さすがは僕でさえ躊躇った機内の個室で、ちゃっかりやっちゃう二人だって、思い知ったときだった。

「大体直也のやつ、葉月じゃまだまだこなれてねぇだろうに…。加減を知らねぇ男だなぁ」

「直先輩、何気に誘うのうまいらしいから。きっと葉月のほうが気がついたら頑張らされちゃったんじゃない？」

「あ⁉」

「でも、それにしたって初めてってわけでもないのに起きれなくなるほどなんて、そんなに直先輩のってすごいのかな⁉　技持ちなのかな⁉　それともやっぱり英二さんより若いから、寝ないで頑張っちゃったのかな⁉　帰ってきたら葉月を問いただしてみなきゃ…あっ」

ただし、それにもまして口は災いの元だって知るほうが、先かもしれない僕だったけどね。

「菜月…、なんか今聞き捨てならねぇこと言わなかったか⁉　英二さんより若いからどうこうって？　あん⁉」

「あはははっ‼　言ってない、言ってない、そんなことっ‼　それより早く出かけようよ‼　僕、英二さんの行くところならどこにでもついていくからーっっっ‼　あはははっ‼」

僕の馬鹿っ――――くすん。

あわや、このまま足腰立たなくされるか!?　というピンチをどうにか切り抜けた（って、単に英二さんが仕事を優先しただけだけどね）僕は、英二さんがチャーターしていたセスナでロンドンを離れると、イギリスはイングランド中部に位置するレスター地方へと向かった。

『レスター…レスター!?　なんか、いつかどっかで聞いたような響きなんだけど?　なんだっけ!?』

なんでもこのレスター地方というのは、英二さんが超簡単にうんちくを披露《ひろう》してくれたところ、産業革命以来特に繊維織物（ニット）産業が盛んだった土地なのだそうだ。

それこそかつての大英帝国が第二次世界大戦直後、国をあげての復興のために（っていうか戦後の人手不足のために）数多くの移民を受け入れた先の一つにもなっていて、街には工場も多く、その名残《なごり》のためかこの土地は今もってとても国際色豊かだ。

『僕が忘れているだけで、英二さんから聞いたことがあったのかな?』

ただ、一九八〇年代にアジア諸国の勃興《ぼっこう》によって、イギリスの繊維産業そのものが低迷。

国際競争についていけなかったもんだから、レスター地方に限らずいろんな土地の数多くの工場が一気に閉鎖《へいさ》してしまって、一時はそうとう大変な状態だったらしい。

それこそ工場で一生涯働けると思って移民してきたはずの外国人さん達は、いっせいにリストラにあってしまったり。そのためにもともとの住民と移民との間に確執《かくしつ》が芽生《めば》え、争いが起きてしまったりとかして。

『それとも、父さんから？』

けど、そんな中でこのレスター地方というところは、もともと住んでいた住民と移民（アジア・アフリカ系）とが混ざって住む町としては、いざこざはあったものの、とても共存に成功した土地なのだそうだ。

一時は移民が増えすぎて、もとの住民がガクンって減った時期もあったらしいんだけど。なにはさておき、とにかく低迷した繊維産業の復興というか、再開発に力を入れようってことになって元の住民達が土地に戻ってきて。そしてそこで同じように復興を願いながら残っていた移民さん達と意見が合致すると、それまでは噛み合っていなかったお互いへの理解が深まり、イコール民族の多様化というのに大成功をおさめてマスコミからも絶賛された街へと発展していったんだそうだ。

『いや、違う…。そういう気もしないではないけど、そうじゃない気がする。じゃあ、なんだろう？』

とはいえ、どんなに簡単に説明されても、僕にはちっともピンとこなかったんだけどね。

っていうより、冒頭の産業革命がうんたらってくだりで僕の頭はすでに音をあげていて。「このさいだから少しぐらいは世界の歴史も頭に入れとけよ!!」ってつもりで教えてくれた英二さんには悪いんだけど、とどのつまりここって生地が名産なんだよね？　だからアパレル業界にいる英二さんが新しい服のために生地を物色《ぶっしょく》しにきたんだよね？　ついでにいうなら街はアメリカみたいに、いろんな民族が大集合なんだよね？　ってことしか頭に残っていなかったんだ。

『まぁ…忘れてるぐらいだからそんなに重要なことじゃないだろうけど…』

このレスターという響きを聞いた瞬間から、何かひっかかるものがあったから…っていえば、それもそれっきりなんだけど――。


「それにしても、すごーいっ。生地の見本品が部屋のいたるところに山積みしてあるぅ。壁にも貼ってあるし…。僕、こんなにたくさんの種類や色の生地、生まれて初めて見るよぉ〜」

でも、そんなうんちくもわだかまりも、僕は現地に到着すると一瞬でふっとんでしまった。

「たしかにすげぇな…。さすがに街で一番デカくて歴史もある繊維工場ってだけあるな。本棚にギュウギュウ詰めになってるスワッチ（生地見本帳）なんか、全部見ようと思ったらきっと徹夜で何日かかんだ!?　って量だな」

なぜなら英二さんがきてみたかったという、この街一番の繊維工場の直営展示販売店は、それはもう、なんじゃこりゃあ!?　みたいな広さの（しかも五階建て）建物全館に、所狭しと生地、生地、生地!!　しつこいぐらい生地!!　って感じに生地が置いてあって。生地なんてデパートの一画にある洋裁店を素どおりしたときにしか見たことがない僕にとっては、ひたすら唖然としちゃう空間だったんだ。

「ピン・チェック、ピン・ストライプ、マイクロ・チェック。シャドウ・ストライプ、シャークスキン、ウインドペン…。はっ、ないものはないって感じだな。うちの倉庫にある見本生地なんか目じゃねぇやって規模だ…。まさに圧巻《あっかん》」

とくに英二さんが一番最初に足を向けたのは、やっぱりＳＯＣＩＡＬの十八番《おはこ》である紳士服用のメイン、ウール生地のコーナー…だったんだけど。じつはイギリスという国には山岳地帯も高原も多くて、マテリアル（原毛）となる羊さんがけっこういるんだそうで。それこそ、英国純血羊毛と呼ばれるウールも数多く存在しているだけに、生産される毛糸の種類も半端ではないらしい。

それこそ僕ほどの知識ではウール、イコール羊の群れ、イコールオーストラリア!?　みたいな感じなんだけど。英二さんの説明によれば、スコットランドでタータンチェックっていう生地が有名ってことは、早い話昔から羊毛が、それから作られる毛糸が豊富な土地だから、それにちなんだいい織り物が生まれているっていう裏づけなんだそうだ。

日本でいうなら、絹の名産地には伝統ある上質な織物が――っていうのと同じことで。

『ああっ…、もう、頭の中で羊が一匹、羊が二匹って世界だよぉっっ』

けど、そんな埋没《まいぼつ》してしまいそうな生地の中に身を置きながらも、それらを真剣に見て回っている英二さんはとてもご機嫌だった。

「――ここなら作ってくれっかもな、これからのＳＯＣＩＡＬブランドを」

果たしてこの生地の山の中で英二さんとお仕事というのが、どういう展開でこなされていくのかは、僕にはまったくわからないけど。

その表情はとっても生き生きとしていて。なんだかモデルさんとして舞台に立っているときより、喜んでやってる!? って感じだった。

「ん? SOCIALを作ってくれる?」

「ああ…、本当の意味でのブランドをな」

「本当の意味でのブランド…か。それっていうのは、とうとうSOCIALも生地から起こす気になったってことかな?」

ただ、そんな英二さんの意味深な呟きに答えを出したのは、背後から声をかけてきた若い(…っていっても英二さんと年はあんまり変わらない?)男の人だった。

「これまで唯一既製品ですませていた部分に、とうとう本腰を入れてって感じ? だとしたら、これは今後のSOCIALは油断ならない。特にレオポンはさらに飛躍《ひやく》するかもしれない。うちのものには十分警戒するように、呼びかけておかなきゃね」

「――――!?」

その声はひどく甘美で、その口調はとてもしっとりとしていて。何よりその姿は声も口調も全く裏切ることがなかった。

『うわぁ…、キラキラでもギラギラでもないけど、めちゃくちゃカッコイイ…』

いかにも英国紳士でキランキランな父さんとも、ワイルド&タフでギラギラな英二さんとも違うけど、とにかく品があって綺麗で、それでいて華やかでセクシー♡ な、人だった。

「久しぶり、早乙女。こんなところで会えるなんて、ずいぶん偶然だね」

「――たっ、橘《たちばな》…季慈《きいつ》…、さん」

中肉長身なボディにタイトに三つ揃えを着こなしていて。さりげなく腕に引っかけて抱えているトレンチコートまでもが、おしゃれみたいなものを演出していて。

特に、僕みたいにハーフ…ではないにしろ、もしかしたらクォーターか何代か前のご先祖様にヨーロッパ系のどっかの国の人がいるのかな？　って思わせる色素の薄い髪や瞳は、父さんのブロンドやブルーアイズとはまた違った輝きを持っていて。家の環境や英二さんと知り合ってからの環境もあって、贅沢《ぜいたく》なぐらい見栄えのいい人は見てきた僕だけど、それでもこんな人は初めてかも!!　ってぐらい、上から下までパーフェクトに素敵な人だった。

「もっともこの偶然を喜んでるのは僕だけみたいで、そっちにとっては最悪だ…って状態みたいだけどねぇ～。声、かけなきゃよかったかい？」

「いえ、そんな…、またそういう意地悪を言う。俺はこんなところで知り合いに会うとは思わなかったから、マジにビックリしただけですよ」

ただし声をかけられた英二さん本人は、この橘季慈さんという人が言うように、この場での出会いを大歓迎してはいないみたいだった。

「改めて、お久しぶりです。ども、季慈さん」

だからといって、じゃあよっぽど最悪そうかといえばそうでもなくて。それはそれなりに嬉しそうで。

『たちばな…、きいつさんか…』

ただ、しいて言うなら動揺してるの英二さん？　もしかして、父さんほどキラキラはしてなくても、苦手系の人なの!?　それともめちゃくちゃ謙虚《けんきょ》になってる？　って感じの対応だった。

「そう。そう言ってもらえてよかったよ。早乙女ってばＣＭデビューして以来、すっかり有名人みたいだから。さらに俺様に磨きがかかって、僕が声をかけたぐらいじゃ振り向いてもらえないかな…なんて、覚悟してたからね」

「だから、そうやっていじめないでくださいって。お詫《わ》びにお茶でも、ご馳走させてもらいますから」

これは誰に対してもイケイケで強気な英二さんにしては、珍しい反応だ。少なくともおじい様の前に出たときだって、こんなふうじゃなかった気がするのに…。

「嘘だよ。冗談だよ。そっちに時間があるならお茶ぐらいはしたいけど、ご馳走には及ばないよ。そうじゃなくてもいつもホテルに大金落としてもらってるのに」

「んじゃ、割り勘ってことで、その辺のカフェにでも入ります？」

「いいよ。ただし、お茶代ぐらいは僕に出させて。これでも一応、早乙女よりは年上だからさ」

「あはははっ」

でも、それもそのはずだった——。

「で、まだチラッとしか見学してなかったみたいだけど、さっきの段階であそこは、君のおめがねに適う工場だったの!?」

「はぁ。かなりいい感じだなって思いましたね。つーか、季慈さんがここに現れたってことは、少なくとも自社製品にここの生地を使ってるってことでしょう？　それがわかっただけでも、かなり使えるとこなんだなって、確信は持てましたけど」

「その判断は安易だね。僕はたまたま、観光できただけかもしれないのに」

「——そんなはずないでしょう？　三六五日仕事してる、仕事魔の季慈さんが」

「だから思いきって、たまには休養で…。とは考えないのかい？」

「考えませんねぇ。俺ならまず、この時代にそんな悠長《ゆうちょう》なことはしませんから」

「なるほど。それを言われたら降参だ」

こんな場所で偶然会って、しかも気がついたらお茶までご一緒してしまった（あ、なんとなく謙虚になってる、僕♡）橘季慈さんという人は、じつは僕が着せられたフリフリエプロンやヒラヒラドレスを作っている、乙女のブランド・アンジュ社を含め、英二さんがよく出入りしているあの高級ホテルの「マンデリン（夏に行った、あのとんでもない無人島ホテルも込み！）」や、僕が以前アルバイトをしたこともある巨大スーパーマーケットの「みかん堂」なんかも同系列に含まれるという、日本でも屈指《くっし》の巨大複合企業、橘コンツェルンの会長子息さんだった。

『うわー、うわー、英二さんの肩書きもすごいけと、この人の肩書きもすごいなぁっ』

しかも、二人が話しこんでいるうちになんとなくわかったんだけど、季慈さんはいつか英二さんが〝熱砂《ねっさ》の獣《オトコ》〟の撮影のときに、写真家の相良《さがら》さんを使う使わないで皇一さんともめたとき、「乙女のアンジュはともかくとして、そこから分離した〝堕天使《だてんし》〟は完全にレオポンのライバル社だろうが!!」みたいなことを言ってまくし立てていた、カジュアルブランドを出している会社の若き社長さんでもあり、アンジュから堕天使を独立させて自分の会社を起こしてから、たった四年間でブランド堕天使を世界シェアへと拡《ひろ》げることに成功した、凄腕《すごうで》の青年実業家さんでもあったんだ。

「じつは、ここにはアンジュの中のジュリエットっていうシリーズに使う、ニットドレス専用の生地をメインに特注してるんだ。素肌にでもそのまま着れそうなほど柔らかで肌触りのいいものをってことで。たまにベルベットやビロードなんかも頼むんだけど、いずれにしても、とても満足のいくものを作ってもらってるよ」

「――ああ、あの乙女チックエレガンスをコンセプトにしたシリーズって、ここの生地だったんですか」

「知っててくれたの？　うちのシリーズ」

「ええまぁ、一応。特に、ベルベットのほうは昨夜さんざん触ったばっかりで」

「――――ん？」

「あ、いえ、こっちの話です」

ただ、そんな季慈さんだけど、英二さんとは年や仕事が近いことや、タイプは違えど意外に気が合う（昔話を耳にしたかぎり、二人してそうとうタラシだったってところが一番の共通点だ!!）ことから、それなりに親しい関係にあるらしくて。偶然にでも会えばこうやって声もかけるし話もするし、お互いの仕事に関しては腹の探り合い!?　みたいなこともするらしい。

「でも、ってことは、やっぱ上質ですね。ニットドレスでそれだけの条件が満たせるっていうんだから、ウール系は特にいいって感じなんでしょうね。さっき、スワッチでちょっと触ったんですけど…、やっぱいい感触だったたし。マテリアルの質がいいのもさることながら、織りがしっかりして毛羽立《けばだ》ちしにくい感じで。いかにも持久力がありそうだった」

「織りに、持久力か…。さすがは一着仕立てたら、最低二十年は型崩れなしを保証できると豪語《ごうご》しているSOCIALの御曹司《おんぞうし》、見立てるところが違うね。たしかに、ここは織りが丁寧《ていねい》でとても持ちがいいんだ。その代わり、決して安価でというわけにはいかないけどね」

決して、普段からのお友達…っていう付き合いではないみたいだけど。仕事柄なんとなく常に、つかず離れずの距離にはいるから、これはこれで親しいうちなのかな？　って感じで。二人はものの見事に僕を無視して、しばらくしゃべり続けていた。

まぁ、一人あぶれた僕としては、ちょっと寂しいな…って気はしないでもなかったんだけどね。

「あ、やっぱり。そんな気がしたんですよ。ってなると、オリジナルの生地は難しいかな〜。うちは同じものを大量に作るわけじゃないから。どこまでいってもオーダーメイドは譲れないとこだからな…。柄や色を後染め回しにして、大本だけ頼むんじゃなんだしな…」

「なに？　作った生地を市場に卸《おろ》す気はないの？　それなら採算とれるコストだと思うんだけど」

「はぁ、それも考えてはいるんですけどね。でも、それをやっちゃったら既製品に暖簾《のれん》分けする形になりかねないでしょう？　しかも、うちは会社を起こす前から名テーラーによるハンドメイド、っていうのが身上《しんじょう》ですからね。たとえ生地だけとはいえＳＯＣＩＡＬの名前がつくものを、うちのテーラー以下の技術者に扱わせるわけにはいかないですよ。それこそ、生地の名前が災いして他ブランドのものを勘違いでもされたら、死んだ祖父《じい》さんに申し訳がないですから」

でも、声をかけられたときに苦笑していたわりには、話し始めたら英二さんってばとっても楽しそうだったし、これはこれで有意義な時間を過ごしてるんだなって顔をしていたから、僕はこの場が「嫌だ」とか「つまんない」とかは決して思わなかった。

むしろまた新しい英二さんの発見かも♡　こういう態度で接したり、話したりする相手もいるんだ♡　とかって、ひそかに喜んだりして。

『――英二さん…』

ただ、そんな会話をずっと傍で見ていて思ったのは、今日の英二さんってば、もしかして以前皇一さんと仕事の話をしていたときより、なんだか話もとんとんとんっていうか、ツーカーに進んでる？　ってことだった。

たぶんこれって、季慈さんがどこまでもデザイナーさんではなくって、完全に英二さんと同じ経営者側の立場でしか話をしないからなんだろうけど。英二さんってば、会話がとっても楽そうだ。

「────なるほどね。でも、そうなると難しいね、君が試《こころ》みていることって。生地から仕立てまで丸々一着ＳＯＣＩＡＬのブランドでって。せめて自社以外にも小売店なんかを導入して、薄利多売の方向に持っていって捌《さば》ければ別だろうけど」

「それ、俺もずっと思ってるんですけどね〜。うちの連中、そろいもそろって頭固いから。絶対に小売には出さないって言いはるんすよ。あくまでも自分とこの店でだけ売るって」

「だったらそれは、君が変えればいいじゃないか。レオポンの販売戦略をガラリと変えたように。今、君が世に出たことでそうとうレオポンの知名度は上がっただろう？　その宣伝効果の結果だけでも、親兄弟を納得させる説得力はあるだろう？」

「いえ、あれは俺が変えたんじゃなくって、兄貴が私情に走って変えたもんで。俺の戦略じゃないんです」

「────…あ、ごめん。悪かった。そうだね。そう言われると、君は品物そのものに金をかけることはあっても、自分自身を前に出して売りこむって戦略は取らないほうだったね。あくまでデザイナーと商品を最優先っていうのが方針で。もっと、モデルとしての自分を生かしてもいいと思うのに、それはしないって男だったんだもんね」

これって、お互いわかる部分が多いから、へたな説明もいらないしってことなのかな？

それなりに相手の立場もプロフィールも性格もしっかり頭に入れて話をしているから、簡単に聞こえていても奥の深い話ができるってことなのかな？

だから、たとえ「ごめん」なんて謝罪が相手から出るような内容になっても、会話が中断されることもないのかな？

『――大人な会話って感じだなぁ…』

「いえいえ、どんなに俺が色男でも、一般的なモデルとしては使い勝手が悪いっていうのは、昔季慈さんに言われてから納得も自覚もしましたから。なんせ、まだレオポンが出るか出ないかってときに、貴社のモデルとして使ってくれぇ～って応募したのに、書類選考でものの見事に落とされたって痛手がありますから」

『――え!?　英二さんが…、季慈さんのところにモデル応募して、書類選考で落とされた!?』

けど、そんな大人な会話から、僕は意外な昔話を聞くことになった。

「何言ってるんだい。それはうちだけじゃないだろう？　どこだかの有名美容院が大々的に専属モデル募集をしたときにも、同じように書類選考だけで落とされたって言ってたじゃないか」

『どこだかの有名美容院の、専属モデルも!?』

「なのにそれが不服《ふふく》だって言って、本社まで落選理由の説明を求めて乗りこんでくるんだから、早乙女の根性もたいしたもんだよ」

「若かったんですよ、単に。ただ、行った先二件で、まるで口裏でも合わせたように同じこと言われて断られたら、いやでも納得するしかないでしょうけどね」

「――うちには、あなたのためだけに造るデザインはないからごめんなさい、ってかい？」

「そうそう、たしかそんな台詞でしたよ。季慈さんのところでは企画担当の綺麗な姉ちゃんに言われたのは。でもって、美容院のほうでは美形店長自らニッコリ笑って、〝君に呼ばれれば私のほうがいつでも喜んで行くけど、あいにく私から君は呼べないんだ。うちの売りはナチュラルだからね〟と、きたもんだ。まったく、変り種で悪かったな!!　って感じでしたね、あの二連ちゃんは」

「そうムキになるなって。それだけ個性が強いってことだよ。決してビジュアルが基準に達してないから選考外になったわけじゃない。むしろ際《きわ》立ちすぎるから、うちの一般大衆をコンセプトにしたデザインには合わなかった。だから対象外にせざるえなかった。そう言ってるんだから」

それは英二さんが昔受けて落ちたという、他社のオーディションの話であり、落ちたという結果にこそ、じつは英二さん自身の魅力に対する、本当の評価があったということだった。

「その言われ方、何度聞いても褒《ほ》められてる気がしないんですけどねぇ。結局デザイナーに見向きもされないモデルなんて、なんにも役に立たないですから」

「そう言うなって。デザイナーを脅《おびや》かすほどの容姿を持ってるモデルなんて、ある意味貴重なんだから。それこそ君のお兄さんのように、自分の持っているスタイルや得意とするもののすべてを伏《ふ》せても、君自身に焦点《しょうてん》を合わせるような作り方ができるデザイナーが協力し合えば、レオポンのような逸品《いっぴん》も生まれるし――――――」

そしてその評価をくれたのが英二さんでさえ一目置《いちもく》いてしまうような人達であり、また英二さん自身が納得のできる内容だったからこそ、英二さんはモデルとしての自分に一つのラインをもうけて、そこから先はすっぱりと切ってしまおうと選択したという内訳だった。

「もしくは君ほどの個性さえ自分の作品の肥《こ》やしにしてしまうような、そんな天才デザイナーが現れれば、また新たに世間を圧倒するようなブランドが誕生するかもしれないしね」

レオポンというブランドの持つコンセプトに見合わない年齢になったら、もうイメージモデルも専属モデルも、モデル業そのものからもすっぱりと足を洗う。次世代のレオポンを陰から支えて、そしてSOCIAL全体を運営していって、デザイナーとしてどこまでも表舞台で脚光《きゃっこう》を浴び続ける兄弟達を支える裏方になるって、決意を固めた真意だった。

「もっとも、そんなデザイナーがいるなら、君をSOCIALという組織から略奪《りゃくだつ》しても、一緒に組ませてこの手で売ってみたいと思うけどね」

「――――……季慈さん」

僕は、何気なく交わされている話から、素直に「季慈さんってすごいんだ」って思った。

なんて、力を持った人なんだろう。

これは肩書き云々とか、そういうものじゃない。英二さんをここまで納得させてしまうのは、きっとこの人自身が自らの手で蓄えた力が圧倒的なものだからなんだろうなって。

「なんて、こんなことを言ったのがバレたら、君の家族に何をされるかわからないけどね。早乙女家の結束《けっそく》が固いのは有名だから。ってことで、今のは単なる褒め言葉だと思っておいて」

それこそその気になればモデルとしての英二さんを、本当の意味で世界に押し出すことができる。通用するだけの舞台を用意することができる。そういう嘘でもはったりでもない力を、英二さんが認めているぐらい、持ってる人なんだろうなって。

「お連れさんも、ね♡」

「――――あっ!! はっ、はい!!」

ただ、それだけに僕は、「これで、英二さんと一つしか違わないなんて」「まだ、二十三歳だなんて」って脅威《きょうい》も正直感じた。

そんな季慈さんを目《ま》のあたりにして、いずれは経営サイトだけの仕事をして、レオポンのみならずSOCIAL全体を盛り立てていくぞ!! と心に決めている英二さんは、どう思ってるんだろうって心配になった。

『――――英二さん…』

だって、たしかにべらんめいで俺様だけど、英二さんは決して一人よがりなことは考えないで、常に周りを見て和を重んじる人だから。

秀でた人は秀でた人として、素直に認めてしまうことを知ってる人だから。

だから、そんな英二さんにとって季慈さんって、先駆者《せんくしゃ》であり成功者であることから〝憧れる気持ち〟も生まれる存在だろうけど、じゃあ全く妬《ねた》み嫉《そね》みが生じないか？　っていえば、きっとウソになる存在でもあるだろうな…って、思えたから。

『世の中には、こういう人もいるんだんな…って、英二さんでさえ思うのかな!?』

けど、そんなところで二人の話が終わり、すっかりお茶も飲み終わって、再び三人そろって先ほどの展示即売場へと戻ったときだった。

「ところで、お連れさんにはすっかり退屈させてしまってごめんね、って感じなんだけど。このお連れさんだよね？　君があのコールマン城で挙式をするフィアンセさんって。さっきからずーっと一緒にいるのに、一体いつになったら僕に紹介してくれるのさ」

季慈さんは僕に「退屈させてごめんね」って言う傍《かたわ》らでにっこりと笑うと、英二さんに向かって突然式の話を振ってきた。

「――――は!?　なんでそんなこと知ってるんですか!?」

「そりぁ蛇《じゃ》の道は蛇《へび》だからね、と言いたいところけど。じつはついさっきお会いした、ここのオーナー婦人から耳にしたんだ。クリスマスイヴに弟さんと姪御さんがW《ダブル》挙式をすることになったんだけど、その姪御さんのほうのお相手があのＳＯＣＩＡＬの跡継ぎ息子なんだって。これがご縁で、お仕事もご一緒できるといいのに…、なんて話しこみで」

「は？　ここの…オーナーから聞いた？　弟と姪がW挙式!?」

「そう。だって、ここのオーナー婦人、ローレンス伯爵夫人はコールマン氏の娘さんじゃないか」

「は!?　ここのオーナー婦人が、じじいの娘だ!?　しかも伯爵夫人だ!?」

その話の内容は、少なからず英二さんを困惑させるものだったんだけど、僕にとっても「ん!?

まてよ、ローレンス!?」って内容だった。

「え?　じゃあ君…、そのことを知っててここにきたわけじゃないのかい!?　お式前のご挨拶とか
ってやつで婦人を訪ねてきたわけじゃなく、本当に生地だけを見にここまできたのかい!?」

「あっ、ああ…。まぁ、しいていうならデート込みですけどねぇ」

伯爵家にローレンス!?　父さんが弟で僕が姪!?　ってことは、

「あっ、そうだよ!!　レスターには、あの従兄弟《いとこ》のウィルがいるんじゃん!!」

って、やっと引っかかり続けていたことがわかったよ!!　って話だった。

「何!?　あのキラキラ親父の若返りバージョン男がこの土地にいるだ!?」

「この土地どころじゃないいないよ!!　ここがローレンス伯爵家の持ち工場だっていうなら、ここの
跡取り息子が僕の従兄弟のウィルだよ!!　だって、本名はウィリアム・アルフレッド・ローレンス
って言ってたもん!!」

「いや、違うよ菜月。僕の本名は、ザ・ライト・オノラブル・ウィリアム・アルフレッド・ロード
・ローレンス・オブ・レスター。で、通称ウィリアム・アルフレッド・ローレンスだよ♡」
「――――ウィル!!」

ただし、ここまでくると偶然というよりはもう因縁!?　みたいに再会することになった従兄弟の

ウィルが、英二さんにとっては季慈さんよりも、とっても顔色を悪くしちゃう相手だってことは言うまでもなかったけど。

「ひどいなぁ、僕はこっちに戻ってきても、ずっと菜月のことをちゃんと覚えていたのに。菜月は僕のことを忘れちゃってたの!?」

なぜなら、なぜなら…。

「それじゃあ、これは再会のキスじゃなくて、お仕置きのキスになっちゃうね♡」

「――――っ☆」

ウィルは英二さんが苦手とするキラキラな王子様なうえに、にっこり笑って平気で僕を抱き寄せて、従兄弟であるという肩書きと、お国柄をフルに活用して激しいスキンシップ（抱きしめてホッペにチュッとか）を仕かけてくる人だったたから。

「あーっっっ!!　菜月に何すんだよ、テメェ!!」

「ご挨拶のキスだよ。見ればわかるだろう？　菜月の婚約者の、早乙女英二くん♡」

「――――っ!!」

そのうえ見た目も中身も完璧にうちの父さん似（叔父《おじ》さん似）な彼は、じつは僕にべたべたすることで素直に反応しちゃう英二さんをからかうのが大好きって人で、けっこうイイ性格だったたから。

「あ、それとも早乙女英子《えいこ》さんだったけ？　だって、僕の従兄弟の菜月は、男の子だったはずだもんねぇ～？」

すべてを知ったうえで、ここぞとばかりに英二さんに向かって、「英子さん」とかふざけたことを平気で言っちゃう人だったから。

「ぷっ!! 英子さんだって!!」

「菜月!! そこでお前が笑うって、どういうことなんだよ!!」

「――ぷっ、くくくっ!!」

でも、この後誰の顔色が一番悪くなったかっていえば、やっぱり堪えきれずに噴き出しちゃって、季慈さんの笑いまで誘ってしまって英二さんをどん底に突き落とした、僕だったんだけどね。

英二さんにとっては、やっぱり今日ってただ最悪だっただけなのかな？　という、摩訶《まか》不思議な顔合わせとなったレスターでの一日だったけど、僕にとっては「こんな天国二度とないかも♡」って思っちゃうぐらい、素敵な一日だった。

だって、ウィルが声をかけてきたあと、僕らは別な場所で、今度は四人で、もう一度ティータイムをやり直したんだ。

もちろん、そうなった運びの内訳は、

「まぁ、なにはともあれ。偶然とはいえ僕のところにこうして生地を見にきてくれたのに、ふざけあって立ち話ばかりっていうのもなんだよね。こうなったら率直に、仕事の話もしようよ」

って、ウィルから提案されたからで。

そうなると当然僕は、また一人ぼっちで見学だ…ってことになるけど。

『うわ〜。キラキラからギラギラまで、グラデーションがかかって変化していくみたいで、ゴージャス〜♡　素敵〜♡』

でも、こんな三人三様の王子様（英二さん、正直な僕を許して!!）に左右正面を囲まれていたら、僕は話になんか参加できなくっても、眺めているだけで至福♡　ってやつだった。

むしろじっくり眺められる時間がもらえて、僕は話の間中一人でほわ〜んとしていられた。

「それじゃあ菜月、式の当日を楽しみにしているよ」

「はーい♡」

「それじゃあ早乙女、僕からのお祝いは改めてってことで。お幸せに！」

「はっ、はぁ…、ども季慈さん」

ただ英二さんは、そうじゃなくても弱みは握られたくない、知られたくないって感じの季慈さんに僕のことをしっかり知られてしまって、あげくに「お祝いするからね」って、親切なんだか意地悪なんだか（たぶん、愛のこもった意地悪だろうけど）ってことまで言われてしまって、終始苦笑状態だった。

「それじゃあ、早乙女。君の希望は大体わかったから、こちらでも最善の方法を検討はしてみるから。本格的な話は年が明けてからってことで」

「おう、キラキラジュニア。思いつくままにわがままばっかり言っちまって悪いけど、一応検討してみてくれ」

おまけに、初めてきちんと仕事上の立場をもって会ったウィルとは、色濃い話もできて、かなり利害も一致して。これから親戚？　遠縁!?　みたいな関係はともかくとして、同世代の仕事人としては、いいパートナーシップが取れる関係に一気に発展したみたいだった。

「あのね、いい加減に僕を叔父さんと一緒にするのはやめてくれ。ウィルと呼びにくかったらウィリアムでもローレンスでもいいから。なんならアルでもいいよ。アルフレッドのアル。そうじゃなかったら、僕は君を一生英子さんと呼び続けるぞ」

「――――っ」

とはいえ英二さんにとっては、言いたい放題言ってくる相手がまた一人増えた。やりにくいったらありゃしねぇっ…ってところだろうけどね。

「いいのかい？　英子さん」

「わっ、わかったよ。英子はやめろよ、英子は!!　うぃっ、うぃ…る」

「それフランス語!?　君万能だね」

「わざとらしい嫌味言ってんじゃねぇよ、ウィル!!」

「OK、OK！　じゃあ僕もこれからは、親愛をもって英二と呼ばせてもらうよ。よろしく、英二」

「――ああ、よろしくな」

でも、僕は英二さんがこんなふうに同世代かつ似たような立場の人達と接触しているのは初めて見るし、またその相手の片方が自分の従兄弟だってこともあって、異常に喜びが込み上げるというか、溢れてくるというか、とにかく嬉しいって気分で浮き足立って仕方がなかった。

そりゃ大学祭に連れて行ってもらったときや、訪問販売のときにも、学校でのお友達…っていう人はちらっと見た。けど、やっぱり学校という世界と、仕事という世界とはどこか違うだろうから。

これが違うってことは、まだまだちゃんと社会には出ていない僕には、わからなくて言えないけど。きっと何かが違うんだろうな…とは感じられるから。そういう違いの断片みたいなものに触れられたことで、また新しい英二さんに触れられた気がして、僕にはとっても喜ばしかったんだ。

『ん、もしかしたら…。英二さんってば俺様なわりには、いいようにいじめられちゃうタイプなのかも。っていうより、季慈さんにしてもウィルにしても、決して一筋縄じゃいかない。直球か変化球かっていえば、間違いなく変化球っていう性格の人みたいだから。直球勝負の英二さんじゃあ、こういう落ちにされちゃうんだろうけどね』


しかも、そんなレスターでの一日を終えた翌日になると――――。


「菜月ちゃーん♡　会いたかったわよー♡　久しぶりね♡　もう、ちっともママのところに顔出してくれないんだから、つれないわぁん」

「ママさんっ!!」

日本からは華麗《かれい》なる早乙女ファミリー御一行様が、堂々のロンドン入り。

英二さんと一緒に空港に出迎えに行った僕は、改めて一同がそろった（しかも最強のお針子軍団込み）ときの迫力に圧倒されて、でもその豪華絢爛《けんらん》ぶりは悲鳴をあげちゃうぐらいすごくって、僕はめちゃくちゃ嬉しくって飛び跳ねそうだった。

「久しぶり、菜月ちゃん♡　今回は一応、おめでとうって言うべきかな？」

れて。

「皇一さん!!」

だって、だってさ。ママさんにギュッってしてもらったあとには、皇一さんが頭を撫でってしてく
「人の男に懐いてんじゃねぇ、チビ!!」

「ひっ!!」

「テメェんとこのじじいの急な決定のせいで、俺はずっと寝てないんだぞ!! 機内の中でさえ、テメェに被せるベールの飾り部品を作ってて、死にそうなんだ!! しかもスチュワーデスにちゃんと断りいれて作業してたにもかかわらず、常に針持ってるもんだからやたらにマークされて、俺はハイジャック犯扱いされて、すげぇ〜気分も悪いんだ」

「じゅっ…珠莉さん、ごめんなさいっ。美人さんが…ボロボロ」

手にしていた針でそのままチクッてされそうだったけど、珠莉さんも「とりあえず、おめでとうなんだろうな」って言ってくれて。

「人騒がせつーか、迷惑かけっぱなしっつーか、本当にどうしょうもねぇよな、英二は」

「うるせぇ。だったらついてくんなよ、雄二。誰もテメェにまでこいって言ってねぇよ。旅費がもったいねぇ!!」

「ふんっ!!」

『あっ…ああっ』

相変わらず顔を合わせたとたんに、ドライアイスが足元からブワァッって感じだったけど、それでも雄二さんもちゃんときてくれて。

「よさないかお前達!!　いい年してみっともない!!」

「――…親父」

「どうも失礼したね、菜月くん。あまり私は、直《じか》には君とおしゃべりをしたことはないが…、家内や帝子達からはいつも話を聞いているよ。英二がとても世話になっているそうで、ありがとう」

「あ、いえ。はい」

英二さんのお父さん、この場合ママさんに合わせてパパさんになるのかな？　も、きてくれて。それに初めてまともに声をかけてくれて。

「いや、君のおかげで、深夜にはまず連絡が取れたことがなかった英二と、いつも連絡が取れるようになって、とっても助かってるよ。その調子で私や皇一がママや珠莉に調教されたように、英二も伝書鳩として馴らしていってくれ♡　よろしくね」

「――はい。ありがとうございます」

パパさんも、じつはママさんの伝書鳩なんだ…っていう新たな発見もあったりして、僕はほんとうにウハウハだった。

『嬉しい。みんな、こんな急なうえにむちゃくちゃな内容で呼びつけられてるのに…。嫌な顔一つしないできてくれてる。英二さんの家族が全員そろって――あれ？』

ただ、そんなときだった。

「帝子…さんは!?」

僕は、いつもだったらママさんとほぼ同時に僕にギューしてくれる帝子さんが、まだ声をかけてきてくれてないことに気づくと、キョロキョロとまわりを見わたした。

「帝子、菜月ちゃんが心配してるわよ！」

「はい。ごめんなさいママ。ごめんね、帝子さんを呼ぶ。

ママさんがそんな僕に気遣って、帝子さんを呼ぶ。

すると帝子さんは、お針子さん達の後ろから、なんだか顔色を悪くして現れた。

「――――ど、どうしたんですか!?　帝子さん。具合でも悪いんですか？」

「ううん、大丈夫よ。ちょっと乗り物酔いしちゃっただけ」

「乗り物酔い!?」

前に飛行機で一緒に鳥取に行ったときには、「飛行機って早くて便利で大好き～。特に、G《ジー》が体感できるところがまたいいのよね～。うちにも専用の旅客機と滑走路が欲しいわ～。英二、バンバン稼《かせ》いで買ってくんないかしら～♡」とか、笑って言ってた帝子さんが!?

「おいおい、マジかよ。なんだよ、らしくねぇな」

「――――英二」

「悪いもんでも食ったのか!?　それとも姉貴に取りつくような強烈《きょうれつ》な風邪《かぜ》でも流行《はや》ってたのか!?

それともやっぱり、珠莉と一緒で徹夜《てつや》のせいか!?」

英二さんもこれにはビックリしたみたいで、すぐに帝子さんの傍へと寄っていった。心配して、額に手をやったり、顔を覗きこんだりしていた。

『帝子さん…』

僕もすごく心配になって、英二さんとは反対側から回りこんで体を支えて、「大丈夫ですか？」って、声をかけた。

「ごめんなさい。いっぱい無理させちゃって…」

英二さんには電話であれだけ怒って叫んでた帝子さんのことだから、きっと乗り物酔いとか言ったのは僕に気を遣ったんであって。じつは僕のウエディングドレスのことで大変なことになってるんだ!! 寝てないし疲れてるし、それで長旅したもんだからこんなふうに…って、思って。

「大丈夫よ、全然無理なんかしてないから。自分でも呆れちゃうぐらい、何もしてないから」

けど、そんな僕と目を合わせると、帝子さんは苦笑まじりに小声で呟いた。

「――――え!?」

「ごめんね菜月ちゃん…。帝子、役立たずみたい――――って」

たぶんこれは他の人には聞こえていない。

傍にいた英二さんでさえ、耳にしていない。

きっと唇の動きを直《じか》に読むことができた、僕にしか聞こえていない。

〃帝子、役立たずみたい。雄二と違って〃

『雄二さんと、違って!?』

帝子さんが顔色を悪くしている、本当の理由。

それがどういう理由なんだか内訳はわからないけど、でも、理由は雄二さんなんだってこと。

「姉貴、とにかくホテルに行って休めよ。医者の手配もするから」

「大丈夫だって。そんなに心配しないで。なんか、あんたの顔見てたら、治ってきたから」

「あ?」

「英二の顔見たら…、うん。治ってきから」

「————!?」

そして、そんな帝子さんを元気づけたのが、ほかの誰でもなくて英二さんで。

「ただ、これからお式までデッドヒートだし、今のうちに完治はしておきたいなって思うから、ホテルに着いたらちょっとだけ看病してくれる!?」

今、傍にいてほしいと願ったのも英二さんで。

「ああ。いいぜ。言われなくたってそのつもりだぜ。なぁ、菜月」

「あ、うん。もちろん」

「ありがとう、英二。菜月ちゃん」

僕は、とりあえず僕も一緒にいてもいいみたい——って感じだったから、空港からホテルに移動すると、英二さんと二人で帝子さんに付き添うことにした。

とはいえ、ドレスを着る僕本人がいなければ、作業が進まない部分がある…っていう切羽詰まった状況だったから、

「じゃあ、僕ちょっと行ってくるね!!」

「おう！」

僕は、帝子さんにまずは僕らが泊まっている部屋で休んでもらって、英二さんに付き添いを任せると、珠莉さんに呼ばれた同ホテル内の、マンデリンロンドンの客室最上階にドドンとある、インペリアル・スイート（そうか。考えたら、ここも季慈さんのおうちの持ち物なんだ!!）へと向かった。

『——あれ？　でもどうしてこの部屋なの!?　ここってたしか、ママさんが帝子さんとって言ってた部屋なのに』

あれれ？　って思うこともあったけど。でもそれは一歩足を踏み入れたらすぐに事情がわかった。

「なんですって、珠莉ちゃん!!　今なんて言ったの!?」

「はーい。だから、京香《きょうか》ママは大先生の部屋に行くか、俺と皇一に用意された部屋使って。ここ、俺達スタッフが使うから」

そう、ママさんの要望もむなしく、インペリアル・スイートは一番広くて部屋数も多いことから珠莉さんに、

「婚礼衣装の作業場にするから」

きっぱり言いきられて押しきられたからだった。

「珠莉ちゃんっ!!」

いや、たぶん。部屋数どうこうっていうのはこじつけであって、単に珠莉さんが「俺が一番大変なんだから、俺が一番いい部屋を使うんだよ!!」と言いたかっただけのことだとは思うけど。

「ここじゃなきゃ、俺寝ちゃうからね」

「——ぷーっ!! もぅ珠莉ちゃんってば相変わらずいけずなんだから!! いいわよ!」

ただ、さすがのママさんも、今日の珠莉さんの「寝ちゃう」イコール「仕事放棄《ほうき》」「婚礼衣装があがらない」の連立方程式には敵《かな》わなかったらしく、ふて腐れながらもインペリアル・スイートを諦めて、英二さんが皇一さんと珠莉さんのために用意した、ロイヤルスイートのほうに身を落ち着けることになった。

「菜月!! ちょっとこい!!」

「はっ、はいっ!!」

そして僕は、あのママさんからお部屋をぶん取るということさえ平気でやってしまう珠莉さん、チーフテーラー(本当に偉いんだな…。しかも、僕いつのまにか、呼び捨てにされてるし…)に呼

びつけられると、

「こっちきて服を脱げ」

「え!?　ここで裸になるの!?」

いきなり寝室の一つに引っ張りこまれて、服を脱げと言いつけられた。

「別に全部じゃねぇよ。下着はいいか。雄二が自信たっぷりに、お前のサイズはこれで合ってるはずだって言って、ボディを用意してきたんだがな。俺がこの手で作るのに、寸分の狂いがあってもしゃれにならねぇ。だから、一度自分で確認を取るんだ。採寸するんだよ」

「え!?　雄二さん!?　ボディ!?　採寸!?」

「そ。ボディっていうのは、これだよ。ドレスを体に合わせて作るための、お前の身代わりに置いておく立体人型みたいなもんだよ。ほら、脱いだらこっちこい」

「——あ、はい」

一緒に部屋に持ちこまれたボディの隣に立たされると、僕は珠莉さんに両手で伸ばしたメジャーをピッて目の前に突きつけられて、一瞬ゾクッてしながらもあっちこっちのサイズを測られた。

『うわーっ、まさに女王さまとお呼び!!　って感じぃ』

僕は、突然呼びつけられるは、脱がされるは、そのうえメジャーをまかれてところかまわず測られるはで、なんだかとっても妖しい気分になった。

『くっ、くすぐったいよぉっ』

けど、メジャーを持って測りながら一つ一つ丁寧にメモしたり、またボディについている目盛り(なんか、回すと胸囲とかウエストとかのサイズを調整できるらしい…)を動かす珠莉さんの姿は真剣そのもので。僕はすぐにそういう珠莉さんに魅《み》せられた。

綺麗な顔に、ありありとわかるぐらい疲れが出ている。

本当に寝てないんだ。

英二さんが皇一さんに電話を入れて、婚礼衣装を――って言った直後から、きっと動きづめで。僕にはそれがどれぐらい過酷《かこく》なものなのかはわからないけど、とにかく必死なんだ。

「ねぇ、珠莉さん」

「ん?」

「ウエディングドレスって作る人もいるけど、でも一度しか着ないものだし、ほとんどは式場で貸りるものでしょう? ってことは、基本的には既製品のサイズが存在してるんでしょう? なのに、どうしてそれで進めないの? やっぱりそれって、僕が男だから既製品じゃ無理があるからなの?」

「いや。別に。そもそも既製品なら微調整ができるように作られてるから、お前ほどのサイズならなんの問題もなく着れると思うぞ。それこそ目分量でも十分。九号ぐらいをちょっとつめてやればいいだけだなって…わかる」

でも、必死な珠莉さんは、これまでに見てきた珠莉さんのどんな顔より凛々《りり》しくって、それでいて綺麗だった。

「え!? なのに…、わざわざここで測るの!? 目分量でも十分なのに?」

「そりゃ、うちはオーダーメイド専門だもんよ。服を作るときにはどんな種類のものでも、必ず相手の全サイズ測ってから型紙をおこすのが普通だよ。ましてや、俺はこの仕事についてから、それを専門でやってきたテーラーだ。手がける服は、自分で測らないと気がすまないんだ」

皇一さんを芯から支えている恋人で。

デザイナーを陰から支えているテーラーで。

でも、作業過程においては、作業現場においては、誰より力を発揮するリーダーで。

とっても自信に満ち溢れていてカッコよかった。

「珠莉さん…」

「今回だって、そうだ。いつもなら、たとえトップデザイナーの雄二が持ってきたデザインにモデルのボディとかであっても、自分で確認するまでは作業を始めたりはしないんだ。けど、婚礼衣装を四日で作れってうえに、移動に取られるロスタイムもある。結局時間がないから背に腹はかえられないってやつで…、仕方なく十分予備をとって作業を始めたんだ。けど、どうせ一生に一度のものなら、お前にとっても英二にとっても、この日にピッタリってサイズのほうがいいだろう? 十年二十年たって、世の奥さん達と同じように、こんなに痩《や》せてたのにぃ…とか、ドレス眺めながら後悔してっかもしれねぇけどさ♡ あ、お前。この脂肪のつき方は、運動を怠《おこた》ると太るタイプだぞ。せいぜい英二と一緒になって、毎晩激しい運動しろよ♡」

もちろん、絶対にそれだけでは終わってくれない人ではあるけどね。

「じゅっ、珠莉さんっ!!」

「ほい、おしまい。服着ていいぞ。人間それなりに脂肪はついてても、風邪は引くみたいだからな。

婚礼前に寝こんだら大変だ！」

『ううっっっ。それって、測った僕がお肉いっぱいって言いたいの!?　それとも昨日、二度もティータイムして、ついつい出されたマフィンだのサンドイッチだのを、みんなに勧められるまま食べたのがバレてるの!?　僕よりちょっとスレンダーさんだと思って、言いたいこと言ってぇ!!』

僕は、じつはちょっと昨日は食べすぎたかな!?　って自覚があっただけに、脂肪脂肪と言われてジタバタしてしまった。脱いだ服を着こみながらも、珠莉さんの意地悪ーっっっ!!　って、握りこぶしを作ってしまった。

そのこぶしで珠莉さんのことをポカッ!!　とかは、さすがにまだまだできなかったけど。かわりに傍にあったベッドにボスッとこぶしを埋めこむぐらいのことはした。

あれ？　なんか最近の僕って、暴力的かな!?

「あ、そうそう。ボクシングはダイエットにいいらしいから、頑張れよ」

『だめだっ。敵わないっ。惨敗《ざんぱい》っ…』

珠莉さんの言葉の暴力の前には、なす術《すべ》もなかったけどね。

「――ちぇっ、それにしても、まんま合ってやがんの。あのコマシ野郎っ!!　本当に一度抱いた相手のサイズは体で覚えるんだな」

けど、そんな僕をさんざんからかって満足すると、珠莉さんはメモとボディを見直しながら、もっと聞き捨てならないことを言った。

「じゅ、珠莉さん？　今なんて言いました!?」

「あ？　雄二の特技なんだよ、抱いた女のサイズあて。皇一から話には聞いてたけど、すげぇ正確さだ。寸分の狂いもねぇ。俺も仕事柄たいがいならわかるけど、でもここまでぴったりとは言い当てられねぇよ。腹立つ〜」

「いや、そういうことじゃなくって!!　だっ、抱いたって、どういうことですか!?　僕そんなこと雄二さんとしてないのにっ!!　どうして雄二さんが僕のサイズを当てられるんですか!!」

僕がよりにもよって雄二さんと、どうこうみたいなことを言った。

「ああ、言い方が悪かったな。訂正訂正。抱いたってそういう意味じゃねぇよ。ほら、お前、鳥取で雄二に会ったときに、一度あいつに抱きつかれてキスされただろう？　覚えてんだろう？」

「今思い出させられました…。そうですね、たしか…そういう事実もあったんでしたよね…」

すぐに訂正してくれたし謝ってもくれたけど、もっと言ってほしくないことも笑って言った。

珠莉さんの馬鹿っ。

「あ、さらにわりぃ!!　けど、俺はあのときの抱きつき！　ってやつのことを言ったんだよ。あいつはあれだけでも、お前の俗にいうスリーサイズからラインの流れまで、自分の体にビシッと記憶して、頭にボディデータとして記憶してんだよ」

「えっ、ええ!?　でも、僕男ですけど!!」

「おっと、そうだったな。まぁでも、手に収まるサイズであれば、男も女も関係ねぇよ。とにかく、その記憶がここまで正確だから、いきなり婚礼衣装。しかも専門外のウエディングドレスをセットでなんて言われたにもかかわらず、ものの五分でデザインラフを仕上げて、俺のところにホイって持ってくんだよ。ありゃ、全員が絶句だったね」

「――――え!?　雄二さんの、デザインラフ!?」

ただ、これまでのどんな暴言よりも僕を驚かせたのは、雄二さんが僕のドレスのデザインをしたって事実だった。

英二さんとはあんなに仲が悪いのに、その婚礼衣装をデザインしてくれたの!?　って。

「ああ。電話を受けてすぐに、皇一と帝子が二人して、あーでもねー、こーでもねーって始めたんだけどな、いや、もめてもめて。英二のほうはボディもあるし基本的には燕尾《えんび》服なわけだから、そんなに問題はなかったんだ。けど、新郎の衣装は、ドレスのデザインに合わせて小技を利かせたりするから、ドレスが決まらなきゃ始まらない。なのに、新婦本人もいなけりゃボディもない。サイズも見当しかつけられない」

けど、その驚きはもともとは帝子さんと皇一さんが作業し始めたものなのに、結果的には雄二さんが…って聞いたとたんに、僕の中では激しい動揺に変わった。

「しかも、京香ママがどうせお前に着せるんなら、昔大先生がデザインして、仁三郎師匠《ししょう》が縫《ぬ》ったっていう思い出のドレスを作り直せないか？　って案とドレスを引っ張り出してきたもんだから、さらにこじれた。なんせ、そのドレス、多少年代モノでも質は極上で、丈そのものも長かったから、いくらでも作り変えは利くんだが、バリバリにボディラインでまくりのセクシー系ドレスだったんだ。なもんだから、帝子も皇一もこれじゃあお前のふわふわしたアンジュ系のイメージには程遠いってことになって。どこを残して何をプラスするかの話し合いで、時間ばっかり食っちまったんだ。しかも、もともと二人が作る服は可愛い系からは軽く三光年は離れてるもんだから、どっちに合わせても埒《らち》が明かないし」

〝ごめんね菜月ちゃん…。帝子、役立たずみたい。雄二と違って〟

さっきの呟きと、顔色を悪くした帝子さんと、この話が僕の中でものの見事に一本に繋がって。僕はいてもたってもいられなくなった。

「で、そこに現れたのが、それまでずーっとわれ関せずって顔してそっぽ向いてた雄二だ。突然席を立ったかと思ったら、裏からサイズを合わせたこのボディと、スケブを持ってきて――って、おい!!　菜月!!」

珠莉さんの話が終わるまで待てなくて、その場を飛び出すと、急いで自分の部屋へと駆け戻った。

『そうだ。きっと、そうだ。帝子さんのあれって…。具合が悪いとかそういうことじゃなくって、ドレスのことで落ちこんでたんだ!!』

だからって僕が何してあげられるってわけじゃないけど、とにかく部屋に戻らなきゃって気持ちになって。

でも――――。

「あの野郎っ!!」

「えっ英二っ!! 待って!! 待って!!」

「英二さん!?」

僕が部屋の前までに戻ったときには、すでに最悪? な状態になっていた。

「菜月、インペリアルに雄二はいたか!?」

「――えっ、うっ…うん」

「サンキュ」

英二さんは乱暴に扉を開けて部屋を出てくると、僕に今行ってきたばかりの部屋に雄二さんがいたかどうかというだけの確認を取ると、ものすごい形相《ぎょうそう》で走っていってしまった。

「えっ、英二さん!?」

「止めて!! 菜月ちゃん!! 英二を雄二のところに行かせちゃだめっ!! お願い、引き止めて!!」

「えっ!? ええ!?」

あとを追うように飛び出してきた帝子さんが、涙ながらに僕に向かって叫ぶ。

「喧嘩になっちゃう!! 取り返しがつかなくなっちゃう!! 今度こそ本当に…、どうにもならなくなっちゃう――――あっ!!」

でも、僕はあわてて走って絨毯《じゅうたん》に足を取られ、倒れこんでしまった帝子さんを残してまで、英二さんを追いかけることはできなかった。

「帝子さん!! 大丈夫ですか!? 怪我ないですか!?」

「菜月ちゃん、いいから英二を止めて!!」

「でも!!」

「止めてっ!! お願いだから英二のこと止めてっ!! じゃないと、大喧嘩になっちゃうっ。私のせいで…私のせいで、私たち家族でいられなくなっちゃう!! うわぁぁんっ!!」

「――――…帝子さん」

ただ、その場で泣き崩れてしまった帝子さんの一線を越えた一言を聞いてしまうと、僕は背筋に震えが走って。

「わっ、わかった!! 止めてくるっ!!」

僕は何がどうって考える前に、今すぐ何をしても、英二さんを止めなきゃいけなんだって思った。

雄二さんのところに行かせちゃだめなんだ。

会わせちゃだめなんだって思って、必死に英二さんのあとを追って今きた廊下を走り戻った。

「英二さんっ、待って!! あっ!!」

でも、僕が出遅れたぶんだけ英二さんは先に行ってて、エレベーターに乗りこむと目の前で扉を閉めてしまって、そのまま最上階へと行ってしまった。

「――嘘っ!!」

僕は、隣のエレベーターがくるのを待っていられなくて、傍にあった階段をあわてて駆け上ってあとを追いかけた。

『英二さん、英二さん…』

僕達がいたロイヤルとインペリアルは三階差。これぐらいならもしかして、途中の階でエレベーターが停《と》められたりしてれば追いつけるかもしれない。

英二さんが部屋の扉を開く前に、止められるかもしれない。

それがだめでも、せめて、せめて英二さんが雄二さんに殴りかかるとかそういうことをする前に、止められるかもしれない。

そう思って、僕は息もつかずに階段を駆け上って部屋へと向かった。

『いない、いない!! どうしよう!! いないよ、英二さんが!!』

でも、でも。

僕が再びインペリアルスイートの前にたどり着いたときには、時すでに遅しだった。

僕の耳には皇一さんと珠莉さんの叫び声がほぼ同時に響いてきた。

「うわっ、英二っ!! 何をとち狂ったことしてんだ!!」

「何しやがんだ、英二っ!!」

英二さんは皇一さんや雄二さん、珠莉さんやスタッフの人が集まっていた部屋のリビングに怒りに任せて飛びこむと、仮縫い（？）か、何かの段階の燕尾服が着せられていた自分用のボディを、その場になぎ倒して踏みつけると、その勢いのまま雄二さんに殴りかかっていた。

「誰がテメェの作った服なんか着れるか!!　そんなにテメェは偉いのか!!」

やっぱり帝子さんが言うとおり、英二さんは怒りが限界を超えたって感じで、手がつけれなくなっていた。

『英二さん――――っ!!』

7

突然乱入してきた英二さんに殴りつけられて、怒鳴りつけられて、雄二さんは最初困惑しきっていた。

「―――くっ!?」

「英二、やめろ!!　どうしたんだ、いきなり!!」

皇一さんは困惑しながらも、そんな英二さんを背後から羽交《はが》い締《じ》めにして、必死に雄二さんから引き離した。

「うるせぇ、止めんじゃねぇ!!　兄貴も兄貴だ!!　なんでこんなやつに好き勝手させてやがんだよ!!　俺や菜月の大事な婚礼衣装を、姉貴が一番作りたがってただろう菜月のドレスを、よりにもよってなんでこんなやつに平気な顔して作らせてるんだよ!!」

でも、そんなのは今の英二さんには通用しなかった。

これは自分のことじゃないから。帝子さんのことだから。

雄二さんがどう思ってやったかなんてことは、わからないことだけど。

けど、少なからず雄二さんが行動したがために傷ついただろう、帝子さんのことだったから。

だから、そんな帝子さんのために本気で怒ってる英二さんは、皇一さんにも止められなかった。

「――何!?」

たとえ英二さんが大好きな皇一さんであっても、今回ばかりは止めることができなかった。

「日本からここまで同行してんだろう!? 俺が電話したときから四六時中一緒に作業してたんだろう!? なのに、なんで気づいてやんねぇんだよ!! 姉貴、姉貴…のやつ、自分は才能ねぇって。こんなにそれを感じたのは初めてだって。お前らから離れたとたんに…、雄二から離れたとたんに、俺の前で号泣しやがったんだぞ!!」

それどころか、大好きな皇一さんだからこそ、よけいに腹も立ってるって状態だった。

「っ、あの帝子が号泣!?」

「そうだよ、あの高飛車《たかびしゃ》な姉貴がだよ!! 信じられねぇんだったら、今すぐ確かめてこいよ!!」

「――…英二っ」

どうして傍にいて気づいてやれないんだ!?

どうしてわかってやらないんだ!?

そういう哀《かな》しい気持ちが怒りになってて、きっと積もりに積もってたものが英二さんの中で一気に爆発しちゃって、どうらもならないところまできちゃってるんだ。

「せっかくの式なのに。自分が言い出したことなのに。お袋がせっかく自分達に、大事にしてたドレスも預けてくれて。じいさんの逸品である形見のドレスに、鋏《はさみ》を好きに入れていいって任せてくれたのに。なのに、自分はなんにもできないって。雄二みたいに機転も利かないって。レディースの担当しているのは自分なのに、メンズやってる雄二に太刀打《たち》ちできないって。それこそわんわん泣いてるよっ!!」

「――あ…あいつ、だってそんなこと一言だって言わなかったのに。俺達には、ただ徹夜がしんどい、そろそろ年か!? なんて笑って言ってただけなのに」

「馬鹿か、テメェは!! 本音なんか言えるわけねぇだろうっ!! 姉貴にだってプライドがあんだろうよ、一人のデザイナーとしての!! 同じデザイナーなら、ちょっと立場かえて考えりゃわかりそうなもんだろう!! 姉貴はお前の妹だろう!! 雄二、お前とっては姉貴だろう!! 家族だろうに!! なのに、なんで平気な顔して、そうやって知らん顔していられるんだよ!! 平気な顔してのほほんとしていられんだよ!!」

自分が傍観することしかできない、同じ世界にいるデザイナー三人の関係に。

あたりまえのことすぎて、家族であることに特別意識もしてないだろう、血の繋がった兄弟三人の関係に。

だから、こんなことになっちゃってるんだ。

もう、後先のことなんか考えないで、取っ組み合いの、殴り合いの、そういう喧嘩になっちゃってるんだ。

『やめてっ…。やめてよぉっ。英二さんっ。雄二さんっ』

けど、それでも――。

「特にテメェだ、雄二!!　こっちが頼んでもいないことにしゃしゃりでやがって!!　お前はそんなにテメェの才能を誇示《こじ》してぇのか!!　姉貴のテリトリーを侵《おか》してまで、自分のほうができるんだって、偉いんだって言いてぇのか!!」

何が英二さんを一番ここまで追い詰めているかっていえば、やっぱり根底にあるのは双子の雄二さんの存在だった。

「英二!!　お前も言いすぎだ!!　雄二は別にそういうつもりで、今回のデザインを起こしたわけじゃない!!」

「うるせぇ、皇一兄貴はもういい、引っこんでろよ!!」

「痛っ!!　英二っ!!」

「そうだ、引っこんでろよ。これは結局、俺と英二の問題なんだ。こいつはただ姉貴のことを盾にとって、さも正当な口して絡んでるけど。ふたを開けりゃ、テメェの能なしに泣きくれてる心情をわかりやすくぶちまけてきてるだけなんだからよ!!」

「ぐっ!!　雄二っ!!　お前もどうしてそういう言い方しかしないんだっ!!」

本当は、双子でもなんでもない。兄弟でもなんでもない。家族でもない。

自分とは全く違う才能を持って生まれたデザイナーの存在だった。

「雄二っ!!　何、兄貴まで殴ってんだよ!!」

「テメェだって殴ってんだろうが!!」

「俺のは当たっただけだ!!」

「ああそうかい!!　だったら俺のも当たっただけだよ!!　いちいち怒るんじゃねぇよ、能なし!!」

「――――つっ!!」

もしも最初から他人同士として、全くの赤の他人として出会っていれば。一人の才能あるデザイナーと、一人の魅力あるモデル、有能なる経営者としてこんなに当たり合うことも、ぶつかり合うことも、憎み合うこともなかったかもしれない、二人なのに。

「何がお前の作った服なんか着れないだっ!　上等じゃねぇか!!　だったら着んな!!　一生兄貴の作ったヘボイ服着てろ!!　ヘボモデル!!」

「雄二っ!!　テメェ、どさくさにまぎれて兄貴まで愚弄《ぐろう》するか!!　ふざけんな!!」

英二さんは素直に皇一さんや帝子さんを大事にするように、雄二さんのことも大事にしただろうし。

「るせぇ!!　だったらテメェで婚礼衣装の一枚ぐらい作りゃいいだろう!!　ＳＯＣＩＡＬやレオポンの名前にかこつけて、いちいち兄貴に甘ったれた電話なんかかけてんじゃねぇよ!!」

「なんだと!!」

雄二さんにしたって、いくら高飛車だ高飛車だって言われたって。自分が特別な人間だって扱いを受けてきたからって。こんなに才能を振りかざすようなことはしなかっただろうに。

むしろ自分ばっかり食ってかかられさえしなければ、笑って聞き流して――――。

『…って、待ってよ。それって、もしかして――――!?』

「大体、何が姉貴が泣いてるだ。姉貴が泣いてるからなんだって言うんだよ!!　んなもん、勝手に頭抱えて落ちこんでる姉貴が悪いんだろうが!!　仕事も放棄して自分達だけで浮かれて作業し始めたくせして、途中でわれに返って自分の得て不得手に気づいてパニック起こしてたほうが悪いんだろうが!!　大体な、俺のやったことが気にいらねぇっていうなら、でしゃばるなって口に出して言やいいだろう!!　デザイナーとしてのプライドがどうこう言う前に、これは何を置いても私がやるのよって、たとえ世に出せねぇようなできになろうが、愛情だけはこめてあるからこれでいいのよって、胸張って言やいいだろうが!!」

『――――そうだよ。絶対にそうだよ!!』

でも、でも僕は。

英二さんが誰にも止められないぐらい暴走したからこそ、それに対して雄二さんも内に秘め続けてきたものをぶちまけたからこそ、たった一つだけ「英二さん、それは英二さんが間違ってるよ、勘違いしてるよ」っていう事実に気づいた。

どこからそういうふうになっちゃったのかは、それは兄弟・家族としての歴史の途中のどこかにあることだろうから、僕にははっきりとはわからない。

でも、一番大事な部分で「英二さんは雄二さんの気持ちをはき違えてるよ!!」ってことに、気づいた。

「家族家族って御託《ごたく》並べるなら、なんの遠慮もしねぇで、姉としてひっこんでろって言やすむことだろう!! 俺は兄弟じゃ一番下のぺーぺーなんだからよ!!」

「うわーっ、やめろ雄二!! お前まで衣装を踏むな!! それは珠莉がっ!!」

「何がぺーぺーだ、今さらっ!! さんざんデカイ顔して、俺が主だって態度で姉貴達を牛耳《ぎゅうじ》ってきたくせして!!」

違うよ、英二さん!! 雄二さんは英二さんのこと憎んでなんかいないよ。

自分に特別な才能があるから、ほかの兄弟の才能に対してなんやかんや言ってるわけじゃない。

英二さんを特に憎んでるから、馬鹿にしてるから、それで能なしだのなんだの言ってるわけじゃないよって。

「俺が主だ!? 牛耳っただ!? ふざけるな!! 誰も最初からそんな態度とってねぇよ!! あいつらが勝手に親父と一緒になって、俺を主にしただけだろうが!! 長男長女としての、責任を転嫁《てんか》をしてきただけだろうが!!」

「なんだと!!」

ただ、ただ…みんながみんなそうやって、雄二さんを特別な目で見るから。

兄弟なのに、家族なのに。誰もがまず先に一人のデザイナーとして見て、そして対応するから。

雄二さんは否応なしに一番下の弟として、本来なら上の三人に甘えたいって末弟としての部分を、表に出せないんだ。

「えっ、英二さん!!　やめて!!　もう、やめてっ!!」

若くしてトップデザイナーなんて場所に追いやられてしまったから、誰にも甘えることも弱みを見せることもできないいんだ。

早乙女家の人間として、与えられた地位を守ることばかりを優先させられて、素に戻らせてもらえないんだ。

ただの末っ子に、なれないんだ。

むしろ英二さんが末っ子みたいな扱われ方になってしまって。皇一さんからも、そして帝子さんからも――――甘えさせてはもらえないんだ。

「お前、お前その責任の意味、わかって言ってんのかよ!!　お前の才能に気づいた親父が、まず最初に膝を折った。だから兄貴や姉貴もお前を認めた。たとえどんなにデザイナーとしての、また兄や姉としての自分のプライドをへし曲げようとも、将来のＳＯＣＩＡＬを引っ張っていくのはお前の才能なんだろうと認めざるを得なかった。だからお前にトップデザイナーとしての位置も権限も預けた。責任って、そういうことだろう!!　なのに、そこまでしてもらったって〝あたりまえだ〟って面《つら》してたお前が、この期に及んで何が不服なんだか言ってみろってんだ!!」

でも、英二さんだけは常に双子だからそういう意識を持っている。

自分が兄なのに、こいつは弟なのにって思っている。

たとえそれが自分が拾われたときに与えられた設定にすぎないって、心のどこかが思っていても。

英二さんの中だけには、自分が同業者じゃないぶんも合わせて、常にちゃんと三人の兄弟を平等に眺めて、その中で一番雄二さんが弟だって自覚があるんだ。

「はっ！　そんなもんはＳＯＣＩＡＬのためであって、俺個人のためじゃねぇじゃねぇか!!」

「――――っ何!?」

なのに、それなのに。

英二さんは才能云々のしがらみや、いろいろなしがらみがあるから、雄二さんに対して敵意は抱いても、一人の弟を甘やかしたいっていう気持ちにはなってくれない。

それどころか、どうしてお前は弟なのに姉や兄を立てられないんだ!?　って、常に皇一さんや帝子さんの立場ばかりを優先して雄二さんに絡む。

たとえそれが英二さんの出生や複雑な心理からきていたとしても、雄二さんはそこだけは知らないわけだから。自分は似てないけど双子だって思いこんでるわけだから、自分ばかりが持って生まれた才能のために、英二さんから邪険にされることに対して理不尽で仕方がないんだ。

〝――――双子か〟

うん。きっとそう。

僕が葉月を求めるように。葉月が僕を求めるように。

雄二さんは根底では英二さんを求めてるんだ。

「俺がいつ望んだっていうんだよ。俺が、俺が親父に膝を折ってくれって、いつ言ったんだよ!!

テメェは俺が親父にそうしろって言ったのを聞いたのかよ!? 悪いがな、あれはどうやらお前のほうが私より遥《はる》かに才能があるらしいって言って、勝手に親父が滅入ってやっただけのことであって、俺が自分の才能を誇示《こじ》したわけじゃねぇよ!! そうしろって言ったわけじゃねぇよ!! 世の中のな、世の中の息子のどこに、テメェの親父が膝を折る姿を目の前で見たいと思うやつがいるよ!! 見せられた俺のほうがいい迷惑だってんだ!!」

「――――っ」

双子だからこそ、一番英二さんに理解されたいし、また理解したいし。何より自然に甘える場所を、与えてほしかったんだ。

甘えられなくてもせめて同じ時を分かち合って生まれてきたはずの英二さんに、対等でいてほしかったんだ。

『雄二さん…』

「けど、折られた手前、それを無下《むげ》にできるかよ。自分の地位をやるから、今より数多くの作品を手がけて、もっともっとその才能を伸ばしてほしいと言われて、やだって言えるかよ!! 言ったらもう一度膝を折らせることになんじゃねぇかよ!! だから俺わかったって言ったんだ。ありがとうって言って、トップデザイナーの地位をもらったんだよ!!」

『そうだよね。きっと、雄二さん。本当は英二さんのこと…嫌ってるわけじゃないんだ。むしろ、好きなんだ』

「なのに、それなのに…親父の野郎。じゃあその一番最初の仕事として、俺にシリーズを一つ作らせてくれ。今までのＳＯＣＩＡＬにないシリーズを考えてるから。カジュアルのシリーズを考えてるから。英二をモデルにした、新しい物を考えているからやらせてくれって言ったら、それはだめだって言いやがったんだ」

「俺が、モデルだ!?」

ほら、やっぱり…。

本当は雄二さん、皇一さんに負けないぐらい、英二さんが好きなんだ。

「それは、やらせるなら皇一兄貴のほうだって。皇一兄貴も、前から同じようなことをやりたがってるから。皇一兄貴のほうが何かにつけて英二をかまうことも多いし。言うこと聞くだろうし。何かにつけて衝突してるお前よりは適任だろうって」

「……雄二」

「それに、キツイようだが、今のお前じゃまだまだ英二のキャラは生かしきれないって。若さで押しきる力はあっても、それだけに柔軟性が身についてない。それこそ英二の持ってる底知れないエネルギーと正面衝突するだけで、まだまだそれを吸収して、自分の力にして、それでねじ伏せるだけの器《うつわ》がないって。おそらく作った服がモデルに負けるだけだから。ＳＯＣＩＡＬのトップになるお前に、そんな服は作らせられない。敗者にするわけにはいかない。そういう結果を出して、これ以上お前たちの溝を深めるわけにはいかない。だから、お前に新しいことはさせられないって言って、本当に兄貴に新しいシリーズを作らせやがったんだ。レオポンの立ち上げを、許しやがったんだ。俺が、そこに変に固執しないように。あえて一番やりたかったことを…、俺だって何年も温めてきた企画を、親父は皇一兄貴にやらせやがったんだっ!!」

「———、っ…」

好きなのに。弟でいたいのに。でもそれを許してもらえなかったから。雄二さんは雄二さんで、英二さんに対してこんなふうになってしまったんだ。

「ふっ、何が才能だ。お笑いだと思わねぇかよ、英二!! 親父は、お前は私より有能だって言っておきながら、でも英二というモデルに食われるデザイナーだって言いやがったんだ!! 必死に勉強して、努力して、伸ばしてきた俺の力に対して。そういう才能がないからって、はなからただふて腐れてフラフラと遊んでやがって、まともにモデルの仕事もしたことない、まだモデルデビューもしていなかったお前に、それでも舞台に立てば食われるしかないレベルだって言いやがったんだよ、あの野郎はっ!!」

『雄二さん…』

そのうえにこれは全く別な、本来ならくらべようもないと思える、才能と魅力をくらべられて。今度は兄弟としての云々《うんぬん》じゃなくて、一人のデザイナーとしてのプライドを傷つけられて、英二さんに自分からも当たるようになってしまったんだ。

「———なのに、なのに…お前は俺の気持ちなんか何も知らずに言いたい放題言いやがって!! 姉貴や兄貴達だって、そういうお前の言い分ばっかり鵜呑《うの》みにして同情しやがって!! 人の気持ちを勝手に解釈しやがって!! 何が内々だからこそ家族がお祝いしなきゃだよ!! 早乙女の名に恥じない婚礼衣装をみんなで作らなきゃねだよ!! そこまで言っておいて、俺に向かって出た台詞が、せめてあんたも出席ぐらいはしなさいよ、だぞ!! 人手が足りないんだから、手伝いなさいも出ないんだぞ!! 俺はじゃあなんだって聞きてぇよ!? SOCIALのトップデザイナーは、一体どこの誰なんだって言いたかったさ!!」

「…雄二…すまん。それは、俺が悪い。帝子と一緒になって、気づいてやれてなくって」

「──兄貴」

「でも、俺達がお手上げになったときに、お前が黙って動いてくれたことには、正直俺は嬉しかったんだぞ。やっぱり、お前はちゃんと英二のことを気にかけてる。知らん顔はしてても、気にしてる。一緒に、作ってくれる。そう感じて、嬉しかった。ただ、それは俺がドレスってものに対してそもそも縄張り意識はないから素直に思ったことで、そのへんが、帝子とはまた感じ方が違ったんだとは思うし、帝子の気持ちをわかってやれなかった原因だとは思うけどな」

そりゃ、パパさんの父親としての視点から見たら。ううん、一国一城の主として見たら。いろんな意味で同じぐらい英二も雄二さんも大切にしているから下した判断なんだろう。

それこそ、季慈さんやどこかの美容師さんが下したという判断と同じで。それほど当時から英二さんという人が、諸刃《もろは》の剣《つるぎ》のような魅力を持った人だったんだ。

その輝きに惹《ひ》かれてモデルとして使おうとしたら、切られる覚悟で向かうか。それを見越して収められるだけの鞘《さや》を用意していくか。もしくは手折る技術をもって挑《いど》むか。

そういうエネルギーの持ち主だったんだ。

『英二さん…。雄二さん…。皇一さん…』

たとえ本人が特別に何もしてなかったとしても、意識さえしていなくても。

これこそもって生まれた何ものでもない、人としての輝きで。

才能と同じぐらい測りようのない魅力で、エネルギーで。

だからパパさんはそんな英二さんの前には、まだまだ人として完成されていない、子どもな雄二さんでは、受け止めることができないだろうと判断せざるを得なかったんだ。

雄二さんが大人になるまで、力がつくまでは。

そうでないと、結果によっては雄二さんの才能やこれまでの努力にまで、傷をつけることになるから。雄二さんと英二さんの関係にも、もっともっと溝を深める結果になるから。パパさんは皇一さんを間に入れることを、あえて選択したんだ。

「別に、今さら兄貴に謝ってなんかほしかねぇよ。当の本人が。そもそも騒ぎを起こしてる英二本人が、こうなんだからよ」

「――――なんだと!!」

「だってそうだろう!? お前はいつだってそういう態度なんだよ。たまに俺から、そろそろいい年なんだから、いい加減にいがみ合うのもやめようぜっていう働きかけをしたって、うっとうしいって顔をするんだよ。俺が近づくと、何しにきたんだって顔をするんだよ!!」

「んなもん、お前のあの態度でこられたら、誰だってそういうふうになるだろうが!! あれだけ嫌味言われて笑えるやつがいたら、俺のほうがお目にかかりてぇよ!!」

だって、そのときすでに皇一さんは、立派に大人だったから。

自分の力も雄二さんの力も、そして英二さんの力も秤《はかり》にかけたときに、どういうものかが理解できていて。納得もできていて。使い方も心得ていて。そういう意味ではパパさんの心強い味方だったはずだから。

しかも、ここだけは性格的なものなんだろうけど、皇一さんは自分の才能を、そもそも前に出そうということをしない人だから。

服は着る人間に取りこまれてこそ、服なんだっていう、控えめなんだけど徹底したコンセプトができあがっている。

そのうえ英二さんという弟がとても好きで、その魅力そのものにも心からベタ惚れしていて。

でも家族からはみ出して見える英二さんがとても心配で、何かの形で家族の中に戻したくて。

そういうひたむきな愛情もあって、レオポンを作りたいと言った。英二さんのためだけに、新シリーズを立ち上げたいんだと言った人だから。

だから、パパさんはＯＫを出したんだ。

英二さんとともに何かをしたい。一緒に成功したい。常に対等であることを求めた雄二さんではなく。英二さんが輝けばそれでいい、ただそれだけで満足してしまう、そういう皇一さんに。

ただ、それぞれの愛情が変に誤解されてしまったり、行き違ったり。受け止め方を誤《あやま》ったりしてしまったから、それが憎しみになってしまったときによけいに激しくなってしまったんだろうけど。

英二さんは雄二さんの才能の前に。

雄二さんは英二さんの魅力の前に。

それぞれがそれぞれに「敵わない」という落胆《らくたん》や嫉妬、自己嫌悪を味わって。

それで結果的には、なんて悪循環《じゅんかん》な二人なんだろう――って、ことになってしまったんだろうけど。

「うるせぇ!! しょうがねぇだろう!! お前の顔見ると、どうしてか俺は反射的に嫌味が出るんだよ!! 双子だ双子だって言われておきながら、全然似てねぇって言われ続けたお前の顔を見ると、無性に腹が立って文句言いたくなるんだよ!! どうらここまで似てないなら、いっそ別々に生まれりゃいいものを。そもそも一緒に生まれてきたから、ややこしいことになってんだよ!! だったら一年でも二年でも、先かあとに出てこいっていうんだ!!」

「ゆっ、雄二さんっ!!」

「うるせぇ!! 俺だってお前と双子だなんて肩書きは欲しかなかったよ!! 似てない似てないって言われ続けて。外見も中身もまるで似てないって言われ続けて。なのに、早乙女の次男なんて。お前の双子の兄貴だなんて、肩書きは迷惑なだけだったよ!!」

「英二さんもやめてよっ!!」

「だったらそんな肩書き、捨てりゃいいだろう!! 何も親父や兄貴の顔色窺《うかが》って、好きでもねぇアパレルの仕事なんかやんなきゃいいだろう!! お前の体と頭なら、いつだって一人で自立できんだろうに!! 法曹界でもどこにでも行けるだろうに!! なんでそんなにSOCIALにいようとすんだよ!! 出てきゃいいだろうが!! そんなに跡継ぎでいてぇのかよ!!」

「うるせぇ!! 俺は跡が継ぎたいからこの仕事をしてんじゃねぇよ!! 跡を継ぐことでしか、せっかくもらった名前を守れねぇから努力してんだよ!!」

けど、どこかで狂ってしまった、行き違ってしまった感情は、月日がたてばたつほど噛み合わないものになっていて。

見えないところで、互いに些細《ささい》だったはずの傷口を広げていて。

「は? 守るだ!? 何を!? 財産か!? 欲しいのは金か!?」

「いるかそんなもん!! お前にわかるもんかっ。ちゃんとお袋の腹から出てきたお前に、俺の気持ちがわかるもんか!! 何したってちゃんと血の繋がった親子で家族やってるお前に、そうじゃない俺の気持ちがわかるもんかっ!!」

「英二さんっ!!」

「――――っ!?」

一度そのすべてを晒け出さなければ、どうにもならない。そういう極限のところまで、きてしまっていた。

「英二!!　馬鹿っ!!　なんでこんなときにそんなことをっ……っ!!」

「――――えっ!?」

『え!?　嘘。帝子さんだけじゃない。皇一さんも、じつは知ってる――――!?』

でも、それは。おそらく英二さんの中では一生見せまい、明かすまいと思っていたはずのことで。

たとえ、全くの第三者から明らかになってしまったことであっても、決して自分からは口にはするまいと思っていた、守っていたはずのことで。

「なんだよ、それ。どういう意味だよ、英二。皇一兄貴」

「――――、」

特に、唯一知らなかったらしい雄二さんには、絶対に――――ってことで。

「俺がちゃんとお袋の腹から出てきたって。血の繋がった親子で家族やってるって。じゃあ、英二はなんだって言うんだよ?　俺と双子のはずの英二が、お袋の腹から出てない。血の繋がった親子でも家族じゃないってことなのかよ!?」

『英二さん。雄二さん…』

「答えろよ、英二。説明しろよ、兄貴っ!!　それってもしかして、帝子も知ってんのか!?　知らないのは俺だけだったのかっ!!　家族で、家族で…、結局俺がとことん仲間はずれってやつだったのかよっ!!」

「――――いや、それは!!」

でも、もう。もう何がなんだかわからないよ!!　絶体絶命だよ!!　ってときだった。

「テメェら、いい加減にしろ」

「珠莉？」

「珠莉さん!?」

もめ合い続けた三人の脇で、しゃがみこんでうつむいていた珠莉さんが、苦しそうに呟いた。

勢いとはいえ、倒されて何度か踏まれたり蹴られたりしてしまったボディや、作りかけの英二さんの衣装を手にすると、震える手で一撫でしてから、唇を噛みしめてスッと立ち上がった。

「何がデザイナーだ、何が次期社長だ、早乙女ファミリーだ!!　人が精魂《せいこん》こめて作ってるもんを平気で足蹴《あしげ》にしやがって!!　テメェら悠長に家族を語る前に、自分の立場をすこしは振り返れよ!!　ここにいるのがお前らだけじゃないことにも、人として気を配れよ!!」

それどころか加速をつけて二、三歩前に踏み出すと、その利き手を思いきり振り上げて、一番最初に皇一さんの頬を思いっきり叩いた。

「――――っ!!」

「お前らな！　ラフ一枚描きゃ、ポンと服ができると思うなよ!!」

そして次は雄二さん。

「っ!!」

「金だけ回しゃ、最高の一枚が世に出ると思うなよ!!」

最後に英二さんが珠莉さんのビンタを食《く》らって、呼吸さえできなくなった。

「────っ…」

『珠莉さん…』

「俺は、日本に帰るっ!! 辞《や》める!! やってられっか、こんな馬鹿馬鹿しいやつらのところで!!」

しかも珠莉さんは発した言葉どおり、くるりと背を向けると、本当にその場で荷物をまとめ始めてしまって────。

「じゅっ、珠莉さんっ!!」

「珠莉っ!!」

「ちっ、チーフ!!」

僕や皇一さんやスタッフさんが止めるのも聞かずに、さっさとその場から立ち去ろうとした。

「英二、雄二、SOCIALっていうのは、たった一枚の服を家族が力を合わせて作るからSOCIALなんじゃねぇのか？ たとえどんなに規模がでかくなろうが、人が増えようが、その基礎は変わってねぇだろう？」

「────っ、珠莉」

「珠莉…」

誰一人逆らえないような、英二さんや雄二さんでさえぐうの音《ね》も出ないような、痛烈な言葉を残して。

「そこに集まる人間が家内作業をやってるんだって。家族の一員として持てるかぎりの力を出し合って。そうやって作ってるから、守っていけるブランドなんだって…そういう気持ちで動いてんだ。SOCIALっていう組織が大きな家庭で、勤《つと》めるものみんなが家族で、そういう気持ちが続いてるから、最初の一枚から今もなお、変わらない質の一枚を作り続けてこれてるんだろうが!! それを、お前らはそろいもそろってごたごたと!! 親父さんが作ったものを、死んだ祖父さんと一緒になって必死になって作ったものを、なんだと思ってやがんだよ!! 自分勝手なエゴではき違えんのもたいがいにしやがれってんだ、くそったれっ!!」

誰もが見失いかけていたものを、それこそはっきりと示して。

足元にあったソファを八つ当たりのように蹴飛ばしてどかして、部屋を出て行こうとした。

『珠莉さん――――!!』

僕は、衝動的にあとを追った。

「待って、珠莉さん!!」

すると、珠莉さんがリビングを抜けようとした瞬間、

「待って、珠莉。この馬鹿達の無礼は、育てた私が土下座でもなんでもするから、どうか思いとどまってちょうだい」

『――ママさん!!　パパさんっ!!　それに、帝子さん!!』

おそらく帝子さんが呼びに行ったか何かしたんだろう、沈痛《ちんつう》な趣《おもむき》で三人が部屋に入ってきた。

「どうかお願いだから、これからも私達の、ＳＯＣＩＡＬの家族でいてちょうだい――。このとおりよ」

そしてその場で膝を折ると、珠莉さんに発した言葉どおり、両手両膝をついて深々と陳謝《ちんしゃ》した。

『…ママさん』

そのあまりに潔《いさぎよ》い姿勢に、さすがに珠莉さんも驚いたみたいで。手から持っていた荷物を落とすと、そのままその手で頭を抱えてしまった。

8

とにかく一度、きちんと話をしたほうがいいだろう。

誰もがそんなことを思ったのか、その場にいた人間はいったんすべて、広々としたリビングに身を落ち着けた。

珠莉さんはママさんに土下座されてしまった手前、出て行くことは強行できなかった。

一人のテーラーとしてならともかく、皇一さんの恋人でもある珠莉さんが、ママさんに「家族でいて」と言われて、それに「嫌だ」とは言えなかった。

「――とにかく、今後のこともあるだろうから、ゆっくり話して。俺はこいつらと向こうで衣装の作業を進めてるから」

しかも、必死になって作り続けていた婚礼衣装を目の前にしながら、じゃあ本当に作業を投げ出せるか、衣装そのものを捨てられるか!? といえばそうじゃなくって。

たとえどういう事情があろうとも。姿を描き出したのが自分以外の誰かであっても。それを形にし始めたときから、これはもう自分の作品だ。デザイナーだけのものじゃない。預かったかぎりは納得のいくものとして完成させなければ、生まれてきた衣装が可哀想だ――。

そんなふうに、言ってるみたいだった。

「だったら俺も、珠莉」

そして、そういう珠莉さんを誰より理解して愛している皇一さんは、英二さんと雄二さんがもめているときにも、お兄さんとしてどうにかしなきゃって必死になりながらも、節々《ふしぶし》では珠莉さんの作っている服を気にかけ、守り続けていた。

〝珠莉の服がっ!!〟

とっさにそう叫んだ瞬間だけは、英二さんの衣装だとか、雄二さんのデザインだとか、そういうことはすっとばして。寝ずに作り続けている珠莉さんの気持ちを、誰より思いやって動いていた。

「馬鹿か、お前は。お前、この家の長男だろう!? 締めるときに締めなくってどうするんだよ。しかも母親にあんな姿をさせやがって。あとで雁首《がんくび》そろえてテメェら兄弟も、京香ママに土下座しろよ」

「――――あっ、ああ」

でも、きっとそんな皇一さんのこと、珠莉さんは見逃してるはずがない。

長男の意地を見せろよ、ってけしかけながらも、自分や自分の仕事に精一杯気遣ってくれている皇一さんのこと、誰より嬉しく思ってるはずだ。

「立派に土下座できたら、俺の奴隷にしてやるから」

「………馬鹿、言ってろ」

ついつい勢いづいて皇一さんを一緒に殴ってしまったことにも、ちょっぴり胸を痛めてるはずだ。

「じゃぁな～」

『――どこまでも、珠莉さんな態度だな…』

だって、口ではすごいこと言ってるけど、立ち去り際には腫《は》れあがった皇一さんの頬を、軽く手で撫でていった。

まるで声には出さないけど、「悪かったな」って言ってるみたいに。

「――ふぅっ…」

そうして珠莉さんがスタッフさんを連れて部屋から出ていくと、皇一さんは深々とため息をついて、みんなが座っているソファへと腰かけてきた。

「あ、じゃあ僕は…」

僕は話が始まるのかな？　って思った瞬間、席を立って珠莉さんのあとを追いかけようとした。

「行くな」

『英二さん!?』

「お前はここにいろ」

でも、それは英二さんの一言と、僕の腕を押さえた利き手に止められた。

『それは、――お前がいなくなったら、俺は一人だってこと？　それとも…』

「そうよ、菜月ちゃん。あなたも家族の一人なんだから。ここで話を聞きなさい」

「ママさん…」

ママさんの笑顔に止められた。家族なんだからって言葉に、止められた。

「はい」

僕がうなずいて改めて座ると、パパさんが組んでいた足を何気に組み替えた。

それが「じゃあ話を始めるよ」って合図なのは、はじめてこういう場面に遭遇《そうぐう》した僕以外のみんなは、あたりまえのように知っていることだった。

「――――で、何がどうしたらこうなるんだ!? 英二、雄二。お前らの相性が特別によくないのはわかってるが、これは度が行きすぎだな」

パパさんは、自分の子ども達が、それぞれの形で役割を果たしてくれていて。また自分が起こしたSOCIALに対して、惜しみない努力で助けてくれていて。それがとてもいい関係なんだ。協力し合ってる姿なんだ。そりゃ、多少はいがみ合ったり喧嘩腰になることはあっても、それは兄弟だからこそのものだと思っていた。

だから英二さんと雄二さんの間にも、あえて役割を振り分け与えることはしても、信じていたから特別な口を挟んだことはなかった。そういう口調だった。

「ごめんっ…。ごめん、パパ。英二や雄二を責めないで。私が、私が英二にいらないこと言ったから…。もとは私が悪いのよ。私が自分の無能を棚に上げて、ドレスのことで雄二に僻んだりしなければ…。それを英二に言ったりしなければ…こんなことにならなかったの」

そしてそんなパパさんに対して声を発したのは、英二さんでもなく雄二さんでもなく。ほかの誰でもなく、ママの隣で目を真っ赤にしていた、帝子さんだった。

「何言ってるのよ、帝子。悔《くや》しいことがあった。腹が立つことがあった。落ちこむことがあった。別にそれを口にしたからって、どうして謝らなきゃいけないの？　人間だもの、そういうことはいつだってあるでしょう？　それに、あなたのどこが無能なの!?　ママほどじゃないけど、そこそこ美人で、デザイナーなんてカッコいい仕事もやってて。勤勉なＯＬさんには大人気の服を作ってて。ＳＯＣＩＡＬのレディース・スーツで、いずれはシャネル・スーツに追いつき追い越したいって豪語する、自信家のあなたが」

「ママ…、でもそれとこれは…」

「じゃあそれとこれを分けたとして、あんたはとりあえずここにくるまで頑張ってたじゃない、しっかり自分抑えて。たまたまそれが限界になっただけでしょう？　英二や菜月ちゃんの顔を見たら、申し訳なさから口火を切って、つい本音をぶちまけただけでしょう？」

「――――それは」

「ねぇ、帝子。姉が弟相手に、ほかの兄弟の愚痴《ぐち》を言う。別に普通のことじゃない。ましてや英二は、あんたにとっては下僕《げぼく》同然で振り回してきた弟でしょう？　ここにきて遠慮《えんりょ》なんかするのはもっと変じゃない。ねぇ、菜月ちゃん」

ママはそんな帝子さんに、そうだよね。普通に考えたら、そうなんだよって話をした。

「菜月ちゃんだって、弟さんにいろいろなこと言うでしょう？」

僕にも同意を求めてきた。

「はい。どっちかっていうと、なんでも言っちゃいます。いいことも悪いことも。なんでも」

決して、帝子さんが悪いわけじゃないわよね？　って。

「ほら、ね。だから、ママの意見としては、それで英二があんたに同情して雄二に突っかかったとしても、別にそれはそれでいいんじゃない？　って思うわよ。英二はそうじゃなくたって、自分にはデザイナーとしての才能がない才能がないってブツブツ言って、昔から勝手にくるくるしてるところがあるんだから。あんたがドレスをうまく作れないって滅入った気持ちも、一番理解できるでしょうしね。これに便乗して、日ごろの鬱憤《うっぷん》や嫉妬を雄二に向けたとしても、それも兄弟だからこそで、仕方がなんじゃない？　って思うわ」

「――ママ…」

だからって、じゃあ英二さんが悪いのかっていえば、それもそうじゃなく。

「それに、そういう英二に対して、雄二がぷりぷりしたがる気持ちもよくわかるわ。だって、英二は己《おのれ》の恥を口に出しても、あーでもないこーでもないって吠《ほ》えるタイプだから、まだストレスがそれほどたまらないだろうけど。雄二はそういうことができないタイプだもの。自分から英二みたいに恥を晒してまで、相手には食ってかかれない子だもの。ねぇ、雄二」

雄二さんがっていえば、もちろんそんなこともない。

ママさんはその場で見ていたわけでもないのに、まるでどういうふうに争いが起こったのか、終始理解しているようだった。

「雄二、あんた立場上プライドも高いから、とてもじゃないけど英二に向かって、俺はどうせ名門大学行ってないよ!!　高校だって並み以下のレベルの学校を中退したよ。でもそれは仕事が忙しいとかどうこうとかっていう以前に、そもそも勉強できないから落第寸前で、だったら落第する前に自分から仕事のためとかなんとかいって辞めたんだ！　とは口にしたことないでしょう？　それこそ俺には、どうせ英二みたいな学力がないよ!!　って言えないでしょう？　なんせ、あんたと英二の偏差値、中学時代から軽く三十は違ってたんだから。だから英二と同じ高校なんて、受けられなかったんだから。仕事があるからとか芸能人みたいなこと言いながら、そもそも通わなくてもどうにかなりそうな私立高校にしか入れなかったんだから」

「――――え!?　三十!!　偏差値で三十って…そうなの、雄二!?　あんたパパに頼まれてあのバカ学校に入ったんじゃなかったの!?　しかも辞めたんじゃなかったの!?　そもそもあんたの頭悪かったからなの!?」

「……そっ、それは、」

しかも、ママさんは知らん顔して、おそらく雄二さんが一生涯公表したくなかっただろうことを笑って暴露《ばくろ》した。英二さんと偏差値三十も違うっていったら、それって僕と葉月の差並みじゃん!!って、すごい暴露を。

『あ、英二さんが黙ったままビックリしすぎて玉砕《ぎょくさい》してる…。そこまでは知らなかったんだ…っていうより、きっとそういうことには、関心もなかったんだろうな』

「突っこむのやめなさいよ、帝子。あんたも皇一も、とりあえず英二ほどのレベルまでいかなくても、一応笑って大学をすんなり出た口なんだから。そう考えたら、大学出て人並みにデザイナーとして評価されてるんだから、ウエディングドレスの一枚や二枚がとっさに思い浮かばなかったからって、騒ぐ気にもならなくなったでしょう？　早い話、あんた達はどっちかが極端にいいわけじゃないけど、極端に悪いわけでもないのよ。ただそれだけなの！　ちなみにパパだって振り分けたらあんた達と一緒！　ママはこの美しい見た目に全部取られて、頭の中身はカラカラよ。だから雄二のコンプレックスはよくわかるわよ。ママ、あんた達の宿題は小学校の三年生までしかわかんなかったもの」

しかも、そのフォローはママさんにしかできないかも…ってことまで言いきって。

『強いっ、ママさん!!』

「――ママ。ごめんなさい」

「わかればいいのよ、わかれば」

でも、ママさんの本腰を入れた話はここからだった。

ママさんは腕を組み直すと、その視線を英二さんへと向けた。

「ほらね、こうやってくらべたら、家族の中じゃ一番頭がよくって体も売れるんだから、あんたが一番いいとこ取りしてるじゃない、英二。大体知ってるの、あんた!?　雄二なんか単品で見ればそころそこモテるのに、あんたが一緒にくっついてた中学時代までは、バレンタインのチョコは預かってくることはあっても、自分がもらったこともなかったのよ。なんせ、どんなにデザイナーとしての才能が早くから開花してたって、学校で評価されるのなんかいいとこ美術ぐらいだもの。双子の兄が運動会とテストで誰より目立ってたうえに、リーダーシップがあって幼稚園のころからハーレム持ってたとなれば、この弟の苦渋はそうとうなものよ」

「――……」

それは、たしかにそうだろうなってことを、改めて英二さんに言った。

なんか、これまで見逃してたけど、社会に出てからならともかく、そういう学生時代の雄二さんが今とあまり変わらない調子の英二さんと一緒にいるって、すごい…つらかったかもって。

さっきも、そういえばとっ組み合いをしながら、顔も体もどうこうって言ってたけど、日頃口には出さないだけで、けっこうコンプレックスだったのかも。

ある意味、できすぎたヒーロー系の兄だったんだろうから、英二さんって。

「ママが言いたいこと、わかった!? わかるわよね、英二。あんたが見た目によらず素直でめげやすいのは知ってるけど…、雄二だって似たようなものよ。顔は似てないかもしれないけど、ママから見ればやることなすこと同じなの。性格の曲がり具合なんか特にね。ただ、方向がバラバラなだけで。でも、そんなものは一周したら同じところに帰ってくるわよ。だって、あんたたち小さい頃は仲よかったんだから。どっちかっていうと雄二のほうがべったりって感じだったけど。いつも一緒に遊んでてくれて、二人一緒にとしとけばご機嫌で。ママすっごく楽だったわよ」

『…うそ…』

しかも、想像できない事実の発覚はさらに続いて。

「なのに、それがどうしたら、英二と雄二が双子じゃない。英二がうちの子じゃないってことになっちゃうの!? それって一体、どっから出た話なの!?」

一番の核心に迫るところまで行って。

ママさんは眉間に皺を寄せながら、英二さんに問いただした。

「――…それは、」

答えられない英二さんによって、今度は沈黙が続いた。

「じゃあ、帝子に聞くわ。あんたママ達のところに泣きこんできたときに、わけわかんないこと言ってたわよね? ってことは、あんたも同じことを思ってたってことよね。それって、誰に聞いたの!? 言ってごらんなさい」

ママさんは英二さん本人から聞くのを後回しにすると、先に帝子さんに確認を取った。

「――それは、それは。聞いたんじゃなくて…、たまたま英二がライラに打ち明けていたところを…立ち聞きして」

「ライラ!? じゃあ、ライラもそう思ってるのね? なんてことかしら。じゃあ、皇一。あんたもなんかさっき、英二が口走ってることに対して、こんなところでとかなんとか言ってたわよね?

あれは何!?　あんたもそう思ってたのよね？」

「いや、それは…その。帝子に、どうしようって言われて、昔相談されて。そんなはずはって思ってたんだけど、英二の態度がおかしくなった時期を考えると…。なんか一致するものもあるから。それに、英二自身が何度となくそういうニュアンスを俺や珠莉にも見せたこともあって。どうしたら俺は家族でいられるんだろう？　って。それが口ぐせみたいになってたときがあるから…つい」

皇一さんにも、確認を取った。

「そう。じゃあ、あんたも特別にほかから聞いたとかそういうわけじゃないのね」

雄二さんもパパさんも、ハラハラしながら見守っている。

もちろん僕もだ。

「ってことは英二、やっぱりあんたに聞くしかないんだけど。あんたがママの生んだ子じゃないって、どういうことなの？　誰がそんなことを、そもそもあんたに吹きこんだの!?　それをとにかくはっきりさせましょうよ。ことと次第によってはその相手、ママ、一生許さないわよ」

真実がどこにあるのかはわからない。

ママさんの口調からじゃ、本当のことを英二さんに教えてしまったのが誰なのか、それともそんな話そのものがデマなのか。

英二さんが騙されてしまっただけで。思いこんでしまっただけで。本当は捨て子なんじゃなくて、ママさんの子なんだってことなのか。

「―――――――――」

「答えなさい、英二。ママはね、あんたや雄二を生むのに死ぬ思いしたのよ。三度目の出産だっていうのに、初産《ういざん》よりつらい思いしたの。それがどんなつらさだったかなんて、もう記憶にないけど。でも、そういう思いをしたのはたしかなのよ。なのに、なのに…。それをどこの誰があんたにそんなこと吹きこんだのよ!! パパの子じゃないって言われるなら、まだ笑ってすましてあげるけど。ママの子じゃないって言われるのは我慢ならないわよ!! 心外よ!! さぁ、言いなさい英二っ!!」

でもそれは、ママさんの怒りにまかせた言葉と、悔しさからこぼれた涙で、真実が証明された。

『――ママさん』

うん。誤解だ。これは英二さんの嬉しい誤解だ。

ちゃんと、ちゃんと英二さんはママさんの子なんだ!!

「――…お袋、それ…本当なのか?」

「なんですって!?」

「だから、本当に、本当なのか!?」

そうわかった瞬間、英二さんの口からようやく言葉がもれた。ためらいがちに立ったけど、今度は自分がママさんに確認を取り返した。

「あっ、あたりまえでしょう!! なんなのあんたのその言い分は!! あんたねぇ、自分の顔を鏡に映したことあるわけ!? 誰のおかげでその顔にその骨格してると思ってるのよ!! 全部ママの遺伝子のおかげでしょう!!　世界のスーパーモデルだった、デザイナー殺しとまで呼ばれた、この早乙女京香のおかげでしょうに!!」

「————!!」

でも英二さんは、ママの怒声に心底からホッとし、感動し、そして全身を打ち震わせたのかと思いきや、その目にめちゃくちゃ怒気をみなぎらせた。

「じゃあ、だったらなんであんなことを俺に言ったんだよ？」

しかも、その怒気を向けた先は、どうしてかママさんで…。

「は？」

「お袋が、言ったんじゃねぇかよ!!　俺に向かって、お前は捨て子だったんだって!!」

あげくに犯人も、ママさんだった。

「えっ、ええっ!?」

「ママっ!?」

「ママさんっ!?」

いっせいにあがった声に、ママさんは一瞬ビクッてした。

「なっ、何よ!?　それ!?　いつ言ったのよ、私がそんなこと!!」

「いつ言っただ!?　ふざけんな!!　雄二の才能が開花してきた中学の頃に言っただろうが!!　ちょうど親父が雄二ばっかかりに入れこみ始めて、俺には見向きもしなくなって、どうして俺には雄二みたいな才能がねぇんだろうって真剣に問いかけたら、お袋が『それはやっぱり、あんたがうちの子じゃないからかしら？』って言ったんだろうが!!」

「――――…え？」

覚えがあるようなないような…みたいな顔で、お茶目に二度三度瞬《まばた》きをしてみせた。

「え？　じゃねぇよ!!　忘れもしねぇぞ!!　お袋は、たしかに当時おなかに双子がいるにはいたけど、片方が死産でショックを受けてて、入院中泣きくれてたって。でも、そんなときに親父が見舞いにくる途中に、なんの偶然か公園で生まれたばかりで捨てられてた俺を見つけて、これ幸いと拾ってきて、死産した子どもの代わりに雄二の双子ってことにしたって!!　別に腹にいたのが双子だった事実はあるし、二卵性なら似てなくたってまかりとおるからって。主治医にべらぼうな金積んで書類を書き直しさせて、それでまんまと出生届を出しに行ったんだって、涙ながらに俺に語っただろうが!!」

「――――…あ」

いや、これはそうとう覚えがあるらしい。

ママさんの目が、何気にキョロキョロし始めてた。

「しかも…、しかもそういうお袋は見つけてきたばっかりのライラをいっぱしのモデルに育てるのに夢中で…。さも、俺は実の子じゃないからモデルの才能もないって感じで…。なのに、やっぱりそれって本当なのか？　って問いただそうと思っても、兄貴や姉貴は海外留学中だったし…。雄二はわかるはずもなくて問題外だし。じゃあ、拾った親父に直接聞くか？　それとも文句でも言うか!?　ってなれば、拾ってもらった恩も返さないうちから、そんな不義理もできねぇと思ったから。せめて多少の恩は返さなきゃって思ったから…俺は…」

けれど、英二さんの説明に一番驚いて席を立ったのは、雄二さんと同じように、じつは全くなんにも知らないまま英二さんにずーっと赤の他人だと思われていた、パパさんだった。

「ちょっと待て、英二!!　それじゃあお前、私が拾ってきたって、ずっと信じてたのか!?　私に拾ってもらった恩返しだと思って、今まで仕事をしてきたのか!?　私の跡を継ぐと言って、ＳＯＣＩＡＬのために尽くすと言ったのか!?　私を十年前後も他人だと思ってきたのか!!」

「――――…」

何も言葉に出せないほど、「そのとおりです」と顔に書いてある英二さんの姿に、パパさんは真っ青になった。

「――――そうなのか…」

でも、その当時にあまりにいろんな条件が重なりすぎて、おそらくは疑いながらも泣き泣き信じるしかなかったんだろう英二さんを責めることはできない。となったときに、その怒りが向けられた先はやっぱりこっちで――――。

「京香っ!!　これはどういうことなんだ!!　よりにもよって母親が、そんな行きあたりばったりの嘘でここまで子どもを追い詰めるというのは、いったいどういうことなんだ!!」

パパさんは、ママさんをめちゃくちゃ怒鳴りつけた。

それこそ皇一さんや英二さんでさえ、一瞬ビクッてしちゃうぐらいに。

「――別に、行きあたりばったりなんかじゃないわよ。あれは、英二が私に対して、あんまりなこと言ったから、やりかえしただけのことよ」

けど、それはママさんを逆ギレに追いこむだけだった。

「何!?」

「言われて私も、今はっきりと思い出したわよ。たしかにそういう相談を、私は英二に何度か受けたわね。だから、最初のうちは私もこう言葉を返したわ。別にいいじゃないって。あなたにはママから受け継いだこんなにすばらしいボディとマスクがあるんだから。何もパパの才能にこだわる必要ないじゃないって。皇一や帝子がそっちの道に行ったからって。雄二にそういう才能が特にあるからって。何も英二までそっちに行くことないじゃない。ママみたいにモデルになればいいじゃないって。ママ、いくらでも伝《つて》を紹介できるんだからって」

きっとママさんの心の奥底にしまいこまれていた、封印されていた、別意味でのパパさんへのジレンマ。

英二さんと似たりよったりの、才能という言葉へのジレンマ。

「なのに、この子なんて言ったと思うの!? ヤダって言ったのよ!! そんなモデルなんて、バカっぽそうで短命だから。俺はこう見えても堅実型《けんじつがた》なんだって。お袋ほど軽いノリでは生きていけないって、悪びれた顔もしないで言ったのよ!!」

何より大切にしてきた子どもに裏切られたような、自分自身を否定されたような、そんな気持ちになった瞬間の、ジレンマ――。

「つ、なっ、英二さん!!」

「英二…。あんた、ママにそんな怖いもの知らずなこと言ったの!?」

「え?　いや、言ったような、言わないような……。俺もなんせ、血気盛んな餓鬼《がき》の頃だったから…、なぁ」

「逃げるんじゃないわよ!!　言ったのよ!!　だからママはカチンときて、そうねって言ってやったんだから!!　あんたのあまちゃんな性格じゃ、厳しいモデル業界は無理ねって。ライラぐらい根性のある子じゃなかったらママも育てたいって思わないしねって。なのに、それなのに、あんたはそのあともまだグダグダ才能が才能がって言ってるから、まるでパパの才能があればママのことなんかどうでもいいみたいに聞こえたから、ママは意地悪に走ったのよっ!!　ママだって人間なのよ!!ないがしろにされれば意地悪言いたくなるのよっ!!　当然でしょ!!」

「――っ、とっ、当然でしょって言われても。ごめん、それは…俺が悪かったけどよ」

でも、どれこもこれも憎しみから起こったものは何一つない。

誤解が解《と》ければ、その原因はみんなどっかで共通している。

「でも、だったらお袋だって俺に謝れよっ!!　お袋の芝居がかった嘘のせいで、俺の人生こんなに歪んだんだからな!!」

「だったら先にあんたがママに土下座しなさいよ!!　ママ、あんたのためについさっき、珠莉ちゃんに土下座したばっかりなんだから!!」

大好きな人だから認めてほしい。

自分をわかってほしい。

そんな気持ちからすべてが起こってる――。

「ママ…、やっぱり英二のママだわ」

「この親にしてこの子あり…。まさにだな。そこまで設定作って息子を騙す母も母なら、信じる息子も息子だ。すでにこういうところを見ただけだって、似たもの親子の典型だぞ」

ただそれでも、英二さんと同じ話を丸々信じて必死に家族を守ろうとしてきた帝子さんや皇一さんは、怒るよりも呆れるよりも、明らかになった事実にホッとするほうが先だった。

「何言ってるんだ。お前達だって、そんな馬鹿な話をずっと信じてたんだろうに!!」

「――パパ、だってぇ」

「まったく…、お前らは」

今日という日に何年分のショックを一身に受けたパパさんも、あまりに蚊帳《かや》の外状態が長かったために、ため息とともにショックをすべて吐き出してしまうしかなかった。

「信じらんねぇ…。くっだらねぇ」

とはいえ、素直にホッとできない。今さら笑うこともできない。そっぽを向くしかできない人もいるわけで…。

「ゆっ、雄二さん!?　えっ、英二さん！」

「――――…」

そして、それはもう一人、同じようにいるわけで――――ンもぉっ!!

「英二さんっ!!　雄二さんにごめんさいでしょ!!」

「――――へ!?」

「早く言って!!　今すぐ言って!!　ごめんなさいって!!」

僕は雄二さんが席を立った瞬間、これ逃したら一生元に戻れない!!　って気がして、英二さんの腕を掴んで引っ張り立たせた。

そして英二さんに向かって力いっぱい「雄二さんに謝って!!」って、叫んだ。

「菜月っ!?」

「今まで勘違いしてたこと、全部ひっくるめてごめんなさいって!!　そのあとは、僕らの衣装のために、ありがとうって!!　ほら、言って!!」

「なっ、菜月…ちゃん」

その勢いに、ママさんや帝子さんも、パパさんも皇一さんも、かなり引いていた。

「うちのお母さん言ったよ!!　必要なときに必要なだけ、ありがとうとごめんなさいが言えれば、人はそれでいいんだって!! 特に家族はそれで十分なんだって!! それで、それで仲よく暮らしていけるんだから。ずっと笑って暮らしていけるんだからって!! だから言って、英二さんっ!!」

「——菜月」

「…………」

英二さんも、雄二さんも…、それは全く同じだった。

「言って……。お願い。それで、もう苦しまなくてすむよ。英二さんも雄二さんも…。僕と葉月みたいになれるよ。ううん、もっともっと別な意味でも…、いいパートナーになれるよ」

でも、僕はここで一つの区切りを絶対につけるべきだって思ったから、引かなかった。

何がなんでも次の瞬間からは、みんなで心から笑いたかったから、絶対に引かない!! って姿勢を見せた。

「だって、誰よりお互いの魅力と才能を…、理解し合ってるんだもん。だから、こんなに拗《こじ》れるんだもん。本当にどうでもよかったら、気になんかしないでしょ? 存在さえも、見えないでしょう?」

「————…菜月」

すると英二さんはほんの少しの間をおいて、腕を掴んだ僕の手に手を当てると、小さく笑って「そうだな」って、言ってくれた。

お前の言うとおりだな。いつか葉月にも「ごめん」を言わせたんだから、俺がその言葉をお前の前で言えなきゃ、示しがつかないんだよな——って。

英二さんはゆっくり雄二さんのほうを振り返ると、「ごめんな」って言ってくれて、「今回は悪かったな」「ありがとう」って、言ってくれた。

『英二さん…』

ただ、これで一応丸く収まるよね。雄二さんもわかってくれるよね。って思って、雄二さんの返事を聞こうとしたときだった。

「えっ、英二っっっ!!」

「うわぁっっ!!」

「ひぃっ!?」

決して英二さんに勝るとも劣らない長身な雄二さんは、何を思ったか突然英二さんに飛びつくと、

「英二っっっ!! 英二っっっ!!」

「??????」

困惑する英二さんをその場でソファに押し倒す勢いで抱きしめた。

それこそ僕にもあっち行ってろ!! 邪魔するな!! って勢いで、ジタバタする英二さんをギューーと抱きしめた。

そのあまりの見苦しい様(…だって、決して美しくないんだもん)に、パパさんと皇一さんは真っ青だった。

「あっ、あーあ…。溜まってた鬱憤が、一気に出ちゃったのね〜」

「え!? 鬱憤!?」

けど僕は、この直後にその怖いだけの光景に隠れた、恐ろしい事実をママさんの口から聞くことになった。

「ご、ごめんね菜月ちゃん、黙ってて。雄二ってて、じつは極度なブラコンなのよ」

「――――へっ!? ブラコン!?」

「ほっ、ほら…。英二って、三拍子そろった兄だったし。拗れるまでは、とにかく面倒見のいい子だったから、すっごく雄二を可愛がっててね。そのせいか昔から雄二ってば、英二のハーレムをことごとく蹴散らして歩いてるような子だったの。でも、小さいときのことだったし、ずっといがみ合ってたから、てっきりもう治ってると思ってたんだけど…。これ見るかぎり、ただ表に出せなかったものが、蓄積されてただけだったみたい…、ねぇ」

「ねえっ、て。ええっ!? ママさんっ!!」

それは、雄二さんがじつは英二さんラブ♡ の、超ブラコンで。そのパワーは葉月もタジタジってぐらいすさまじいものだったってこと。

「英二ぃっ♡ 懐かしいよっっ♡ ずっとこうしたかったんだ!! 俺の英二ぃっ♡」

「やめぃ!! 離れろっ!! 気持ち悪いっ!!」

「そんなテレるなって。お袋の腹の中では、ずっとこうしてただろう♡」

「してねぇ!!　俺達はそもそも二卵性だ二卵性!!　はなから個別だっ!!」

しかも…。

『――――え…英二さんが、押し倒されてる…』

この日僕は世の中で一番見たくないものを、自分のお節介のために、見るはめになってしまった。

ほっときゃよかった…。

9

もしかしたら、英二さんと雄二さんの兄弟仲が悪いほうが、僕にとっては安泰《あんたい》だったのかもしれない。

よもや、ここにきて俗に言う〝小姑《こじゅうと》〟ができるなんて。

ああっ、最悪――ってなってから、二日後の朝のことだった。


「きゃーっっっ、可愛いわぁ菜月ちゃん!! ピッタリーっっ!! 間に合って本当によかった〜♡

これで今夜のお式はバッチリね♡ ねっ、ママ」

「――ああっ、感無量だわっっ。でも、早くパックして自分のドレスアップの準備もしなきゃ。

帝子、仮眠を取るわよ!! このままじゃお顔がボロボロよ」

「はーい、ママ。それじゃあ菜月ちゃん、またあとでね」

「はい!! ゆっくり休んでくださいね!!」

まさに、珠莉さんを中心に早乙女ファミリー総出の婚礼衣装作りとなって完成した一対のドレスとタキシードは、エレガントな中にも清楚《せいそ》さがあり、キュートさの中にもちょっぴりセクシーが残ってるという、超絶妙なものだった。

特に雄二さんが、歴史あるお城のチャペルや新婦の華々しさに、やはり一方的に新郎が負けては洒落《しゃれ》にならない!! と、力を注《そそ》いだ英二さんの衣装は、燕尾服を基本にはしているんだけど、でも一見海軍将校さん軍服!? みたいな仕上がりの、とても豪華絢爛なものだった。

なんていうんだろう…こういうの?

僕には特別なデザインの種類とか名称はわからないけど、昔見たイギリス王室の結婚式で、皇太子様ってこんな感じだったっけ!? ってふうだった。

ただ、どうしてこんなデザインなのか? もとからなのか? っていうと、それにはそれでわけがあって。なんでも昨夜の段階になって、突然僕のおじい様から、「ぜひ英二さんにこれを飾ってやってくれ」って、ご先祖さまがいただいた勲章《くんしょう》をいっぱいホテルのほうに持ちこまれたことが原因だった。

そしてそれを取り入れるがために、急遽全体のバランスを見直したり、新婦の衣装との釣り合いを見たりで多少デザイン変更《へんこう》を余儀なくされたんだけど…。

「うーん、英二。これにこれでこれだろう? ってことは、タイはどうしような!? 一応三パターンぐらい考えられるんだが、やっぱりこっちがいいか!? それともこっちか!? お前は何着せても映えるしゴージャスだから、デザイナー冥利《みょうり》だよな～♡」

「うわっ! だからそんなに態度を急変するな!! 鳥肌が立つだろうが!!」

「何!? 鳥肌!? 風邪か!? やっぱりこっちは冷えこみが違うからな? 今、お前の部屋から上着を取ってきてやるから、待ってろな♡」

「———ゆっ…雄二…」

本来なら仕上げ直前でデザインの変更なんて、「えーっ、ふざけんなよー。俺を誰だと思ってんだよーっ!!」ってはずの雄二さんが、より英二さんの衣装がゴージャスに設定できるなら、しかも勲章で飾り立てられるならと二つ返事で引き受け、完徹が続いているにもかかわらず、めちゃくちゃに張りきって直したもんだから、結果的にはこういう特殊な仕上げになったらしい。

もちろん、そんな装いはおいそれと見られるものではないから、

『うわーっ♡ まさに王子様だぁっ♡ しかもアラビア風の次は大王道の英国風♡ 思ってたよりも全然似合ってて、超カッコいいよー、英二さん〜♡』

僕としては感涙のうえに万々歳だったけどね。

『それにしたって、人間変われば変わるもんだとはいうけど、雄二さんはすっかり別人何号状態だ。なんか、今になって葉月を見る英二さんの目が険《けわ》しくなってた意味がよくわかる』

ただその変更のせいで、珠莉さんはようやく取れることになった仮眠さえ奪い取られる結果になり、結局五日間の間に睡眠時間は何時間!? ってことになって、本当にフラフラになってしまった。

それこそ「今すぐじじいのベッドに針を埋《う》めに行ってやる!! さぁ菜月!! 俺をじじいの寝室に案内しろーっっっ!!」って叫び出すぐらい、大変な騒ぎにもなった。

そう叫びたくなる気持ちはとってもわかるけどね。

「お疲れさん。なんかいるか!?」

「んーっ、何もいらねぇ。このままでいい、寝る」

そしてそんな珠莉さんだけに、僕らが衣装合わせをし、これ以上ないってぐらいピッタリだったって見届けたとたんに、ソファにつっぷして倒れこんでしまった。

「ああ、いいよ。ゆっくりしな」

「――――んーっ、皇一～」

皇一さんに、あとは頼むと言わんばかりに手を振ると、いや…こっちこっちと自分の傍に呼び寄せると、

「んっ♡」

『きゃっ♡』

何日ぶりのキス…って感じに皇一さんの唇を奪うと、安心したように眠りこんでしまった。

「――――…おやすみ」

そんな珠莉さんに小さく笑った皇一さんは、なんだかこれまで見てきた中で一番カッコよくって優しくて、それでいて大人…って見えた。

『――――おやすみない、お疲れ様でした』

僕は素敵に恋愛歴を重ねている皇一さん達を見ると、本当に僕もああなりたいな。英二さんとずうっと一緒にいて、いつかあんな関係になれたらいいなって、思った。

「菜月、着替えるぞ!!　こっちの部屋にこい」

「はーい」

まだまだ何もない僕だけど。

いつか英二さんの傍らで、お手伝いができる僕になれたらいいなって思った。

「――それにしてもすごいね、雄二さん。葉月も真っ青って感じのラブラブだね」

「言うな、菜月。葉月の顔であれならまだ許す。今俺は究極にそういう気分だ」

パパさんにとってのママさんのように。

皇一さんにとっての珠莉さんのように。

もちろん父さんにとっての母さんのように。

「あははは、英二さんってば。あ、英二さん。うしろのファスナーお願いしていい？　僕うまく下ろせないよ、これ」

「いいぜ――。でもその前に…な」

僕に何ができるのかは、今は模索《もさく》中って感じだけど。

「――いっ!!　英二さん!?」

もしかして今の僕にはこれしかないの？　って、感じたけど。

「せっかく誰もいないところでこんなカッコしてんだ、やっぱやらなきゃ嘘だろう♡」

「ちょっ、まずいって!!　大切な衣装なのに!!　あんっ…っ!!　だめだって!!」

「――菜月」

そんな思考は抱きしめられてキスをされた瞬間に、頭の中から吹き飛んでしまった。

「愛してるぜ、ダーリン♡」

「――…」

英二さんから初めて聞く「ダーリン」の言葉に、その響きに、何もかもがわからなくなってしまった。

「今回は、ありがとうな…、菜月」

心からの感謝の言葉と甘い口づけに意識を吸いこまれると、僕は自分からも英二さんを抱きしめ、夢中になって唇を貪り合ってしまった。

「んっ、んっ」

「菜月…」

「んっ」

英二さんは僕が抵抗を見せないとわかると、耳元に唇近づけ、傍にあった大理石のテーブルに両手をついてろって指示を出した。

ムードに巻かれるまま、言われるまま、僕は不思議なぐらい言いなりになった。

「――あっ、」

僕はドレスのファスナーを下ろされ、英二さんの視界に晒された背筋にキスをされると、ため息

のように喘ぎ声をもらした。

「菜月の背中、好きだぜ」

「んっ、あっっ」

ゆるめられたドレスの裾を器用にたくし上げると、僕は背中に唇を、下肢にはもぐりこんできた英二さんの両手の感触を一気に感じて、なんだか妖しいぐらいその気になってしまった。

「――くっきりと肩甲骨《けんこうこつ》が浮かび上がって、すべすべしてて、健康的で」

「あんっ、英二さんっ」

いけない。大切な衣装を汚したら大変!! って思うのに、英二さんの両手で下肢を弄られて、下着の中に手を入れられて、感じて勃起《たち》上がりはじめた自身を包みこまれると…。

「英二さんっ…、」

もうイキたい。欲しいよ。でも、どうしたらいいの!? って顔をして腰をくねらせた。

けど、そんな僕にいきなり英二さんはドレスの裾をガバッて捲り上げると――。

「――いっ!?」

「せっかくだからこのままイカしてやるよ♡ 菜月、お前自分の頭の上で、この大量の裾まとめて掴んでおさえとけ♡」

「ええっ!?」

机に両手をついていた僕の上半身を、捲り上げた裾の中に閉じこめるように突っ伏させた。

それこそ思いっきり僕の下肢だけを、自分の目の前に晒け出した。

「ひゃっんっ!!」

しかもそれは神業《かみわざ》!? って素早さで僕の下着をさっさと下ろすと、

「絶景〜☆ 白衣の花嫁巾着《きんちゃく》仕立てってか?」

純白のウエディングドレスの新婦に対して、「ちょっとまてっ!!」って、あるまじきはしゃぎ方をした。

「えっ、英二さん!! どうしたらこのムードから、そういうふざけたことができるの!! どうして、どうせするならきっちり脱がそうって発想にならないの!! こんな…、こんな僕だけ恥ずかしいカッコさせんのさっ!!」

足をバタつかせながらギャーギャー叫ぶ僕を無視して、むき出しになった僕のお尻を両手で掴むと蜜部をペロッて舐め上げてきて…。

「——あんっ」

「そりゃあ、純白の花嫁を辱《はずか》しめるのは、全世界の男という男の野望だからよ♡ 基本的には一生に一度しかできない、裸エプロンの上を行く究極プレイだからだよ〜。ただし、式が終わってねぇから今は無茶できねぇのが玉に瑕《きず》だが、その分気を遣うところがまた萌《も》えるんだ♡」

「は!?」

僕は、あまりに英二さんらしい「くっだらない台詞」を数日ぶりに聞くと、唖然としたり呆然とするよりも、心から「今回の騒ぎや落ちこみから、また長きにわたって浸《つか》っていた憂鬱から、本当に立ち直ったんだね…」って実感が湧いちゃって、間の抜けた声をもらしてしまった。

『英二さんっ…。どんなに素敵なカッコしてても、高貴な衣装をまとっても、やっぱり中身は、僕の奇天烈《きてれつ》な英二さんだった』

ただ、ガクッてしながらも、どこかで英二さんの復活に対して、ホッとしている自分に気づくと、

『しょせんこのパターンに慣らされた僕も、僕だよな…』

これからの人生、僕の先も見えたよな…って思うと、すっかり開き直ってしまった。

しかも――。

「ほら、さぁ始めるぞ菜月!! しっかり裾を両手で持ってないと、飛ばして染みにしちまったら洒落になんねぇからな! 珠莉に殺されたくなかったら協力しろよ!!」

その後僕は英二さんに、前から後ろから握りこまれるは、舐められまくるは、しゃぶりまくられるはされちゃって。

「ほら、いいぜ菜月。これで、どうよ!!」

「いやんっ、イクっ、イッちゃうっ。あんっっ――!!」

お式の前に、すっかり〝汚された花嫁〟にされちゃって。

「うーん、満足満足♡　式が終わったら今度は気にせずやろうな♡」

「うっっっ、もぉっ、英二さんの馬鹿っっっ!!」

たしか一生に一度の特別な日のはずなのに、今日も僕はいつもとまったく変わらない台詞を、英二さんに叫ばされていた――――くすん。

憂鬱なマイダーリン♡　おしまい♡

■あとがき■

こんにちは♡　日向唯稀《ひゅうがゆき》です。このたびは、『憂鬱《ゆううつ》なマイダーリン♡』をお手にとっていただき、本当にありがとうございました。ふと気がつけばマイダーリン♡シリーズも本書で五冊目、まさに夢のようです。うっとり〜♡　でも、でも、もっと夢のようなのは、先月の『誘惑』に続き今月この本がちゃんと出たことでしょうか（号泣っっっ）。もう、もう、何度作業中に「もうだめだっ、うっ」って思った（怖《こわ》いので決して口には出せませんでしたが…）ことかわかりませんが、これもひとえに諦《あきら》めることなく原稿を待ち続け、尻拭いをしてくださった担当さんと、そしてすべてのしわ寄せを一気にかぶってしまった香住《かすみ》ちゃん＆香住ちゃんの担当さんの、諦めない心と仕事人根性のおかげです。本当に本当に、どうもすみませんでしたっ。何よりありがとうございました!!　ううっ…（号泣）。本当に出てよかったよぉっっっ。（↑そうとう危なかったらしい…）

さて、そんなこんなもありまして、今回はあまりに迷惑かけまくりだったので、香住ちゃんには、「何かあとがきで訴えたいことある？　日向の馬鹿とか、てめぇいい加減にしろとか言ってよ」って電話で聞いたんです。そしたら一言、「そんなもんはいい。事情はわかってる。ただ、ただ、イベントに行きたかったっっっ。某受け本をあさりに行きたかったーっっ!!」とだけ、訴えられまして。重ね重ねごめんよっっっ!!　せめて夏には思う存分めぐらせてあげるからねっ!!　と、やっぱり平謝りするのが落ちでした。ああ、私って。

ただ、こんなラリッたことを書き連《つら》ねてはおりますが、今回のあとがきは最近の既刊に比べたら、ちょっとだけテンション高めで気分も明るめです。いえ、やっともう少ししたら、あれこれとあって遅れていた作業分が取り戻せるかしら？　やっと締め切り守れるいい子に戻れるかしら!?　という一筋《ひとすじ》の光のようなものがようやく見えてきたのと、モテモテ英二《えいじ》（語弊《ごへい》あり!?）が書けたことや、未来の季慈《きいつ》（この話に登場しているのは、誘惑設定から四年後の彼なのです♡）を登場させられた（共演させられた）ことがとにかく嬉しくって、めちゃくちゃ楽しかったもので。もちろん菜月《なつき》のコスプレ三昧《ざんまい》もです♡　特に、菜月のウエディングはお手紙でのリクエストも多々あったので、今回それが消化できて嬉しいです。さわりだけどゴージャスな正装の英二も書けたし（くすくす）。

とはいっても、じつはこのマイダーリン♡シリーズも次回で一区切りなので、最終話に取りかかるころにはまたメロウになっちゃうのかな？　って、気はします。ここまで書かせていただいた喜びがあるぶんだけ、名残惜《なごりお》しさもありますし。でも、それはそのときの話ということで、今だけは少しですが、自分を楽にしていてあげたいかな？　ハイでいさせてあげたいかな？　なんて思います。

そして、英二らしくもなく「憂鬱」だった今回とは違い、ラストはハイパーで明るく、もちろんラブラブでエッチでゴッコ遊びも忘れずに♡　で、頑張りたいと思います。そうすると、やっぱり最後は『無敵《むてき》なマイダーリン♡』かな？　俺様全開な英二に、可愛《かわい》さ全開（でもちょっと最近しっかりやさん♡）の菜月でラストを飾れたらなって思います。なので、ぜひぜひ次もお会いできることを祈りつつ。

日向唯稀♡

憂鬱なマイダーリン♡ オヴィスノベルズ

■初出一覧■
憂鬱なマイダーリン♡／書き下ろし

日向唯稀先生、香住真由先生にお便りを
〒101－0061東京都千代田区三崎町3－6－5原島本店ビル2F
コミックハウス　第5編集部気付
日向唯稀先生　　香住真由先生
編集部へのご意見・ご希望もお待ちしております。

著　者　　水島 忍
発行人　　野田正修
発行所　　株式会社茜新社
〒101-0061　東京都千代田区三崎町3－6－5
原島本店ビル1F
編集　03（3230）1641　販売　03（3222）1977
FAX　03（3222）1985　振替　00170-1-39368
http://www.ehmt.net/ovis/
DTP ―――――― 株式会社公栄社
印刷・製本 ―――――― 図書印刷株式会社

Printed in Japan

Ovis NOVELS BACK NUMBER

いじわる上手なエゴイスト

猫島瞳子　イラスト・九月うー

生命保険会社の所長になりたての脩平は、胃薬を囓っていたところを、営業所トップの長沢に目撃され、成績向上とひきかえにひと晩つきあえと取り引きを持ちかけられた。脩平はいやいやながら取り引きをするが、それ以来、長沢はカラダの関係を強要してきて…？

恋の奇跡を教えてほしい

姫野百合　イラスト・三島一彦

フツーの高校生の西嶋充は夜中の埠頭で、急に現れた男にいきなりキスをされてしまった。あわてて逃げ出したものの、後日知らない男たちに拉致られ、連れて行かれた先には充のファースト・キスを奪った男・阿久津がいた——!?

見えない首輪

青柳うさぎ　イラスト・すがはら竜

葵は同じ剣道場に通う武尊から〝ペット〟になるバイトの話を持ちかけられる。はじめは着ぐるみを着て一緒にいるだけだったが、しだいに武尊は強い独占欲を示すようになる。葵は酔った道場主の先生と一緒のところを見てキレた武尊に無理矢理エロいお仕置きをされて!?

誘惑

日向唯稀　イラスト・香住真由

美祢遥はサークルの友達にそそのかされ、演技力を試すため、夜の街に君臨する極上の男をナンパすることになった。成功したらトンズラするつもりだったが逃げる間もなく押さえつけられた美祢は、嬲られたあげく覆いかぶさっている男が同じ大学の橘季慈だと知って!?